Engel und
Schokolade

AF199190

Buch:
Es ist alles wie im Paradies in der roten Fabrik am Waldrand.
Hier wohnt die schokoladengefärbte Mutu, die Peter heimlich
verehrt, Sandra, die Geliebte seines Vaters, die Seiltänzerin
Gerda und HL-5, der Freund der Zahlen. Und dann ist da noch
Engelhard, Peters Schutzengel, der alles durcheinanderbringt.
Peter muss einiges klären und das geht nicht ohne Risiko. Er
„leiht" sich Vaters Roller und wird prompt von der Polizei
erwischt. Dazu kommt auch noch die fünf in Englisch auf dem
Zeugnis.
Peter wird nach England geschickt. Hier wird er von einem
militanten Ersatzengel getriezt, da Engelhard es vorzieht, bei
Mutu zu bleiben.

Autorin:
Karla J. Butterfield wurde auf der Seitenbühne des
Nationaltheaters Prag während des fünften Aktes einer
Macbeth Aufführung geboren. Als auf der Bühne das Volk
„Heil, König von Schottland!" rief, gab sie den ersten Schrei
von sich.
Was hätte sie sonst machen sollen, als Schauspielerin zu
werden? Später wechselte sie auf die andere Seite der Bühne
und führte Regie, dann fing sie mit dem Schreiben an.

Karla J. Butterfield

Engel und Schokolade

Roman

© 2017
Herstellung und Verlag:
BoD – Books on Demand, Norderstedt
ISBN 9783746016382

Umschlagbild:
Anonym

1.

Es war die Schulglocke, die mich aus einem realen Alptraum riss und die letzten Brocken aus meinem Kurzzeitgedächtnis löschte. Der Schweiß lief mir den Rücken herunter, in meinen Ohren rauschte es, und meine Hände zitterten. Mit schlotternden Knien ging ich zum Lehrerpult und gab das fast leere Blatt ab. Es war eine sichere Sache: Unter dieser Arbeit wird eine Sechs sitzen. Nicht einmal die Fragestellung hatte ich verstanden. Verdammt! Und dabei hatte ich gelernt! Na ja, ich hatte mir den Stoff kurz vorher angeguckt.

In Gedanken versunken stolperte ich aus der Klasse und ging die breite Treppe des Gymnasiums hinunter, ohne auf die Zurufe der Anderen zu achten, die aus den benachbarten Klassen wie Auswurf quollen. Ich konnte mir wieder mal gratulieren. Meine Eltern werden enttäuscht sein, und auf das tadelnde Gesicht von Frau Dieckens konnte ich auch verzichten. Warum muss sie auch zu jeder Arbeit ihren Senf dazu geben? Bei mir wird sie die Stirn runzeln, die Augen verdrehen und sagen:
„Peter Bester! Wieder mal mehr als schwach!"
Und die Klasse wird rufen:
„Peter Bester ist der Schlechteste!"
Mit diesem Nachnamen hat man im Leben schon von vornherein verloren.

Auf dem Geländer vor der Schule wippte ein Typ, den ich noch nie gesehen hatte. Blondes, fast weißes Haar, metallblaue Augen und ein schlecht sitzendes Käppi auf dem Kopf. Dazu eine schneeweiße Gesichtsfarbe.

„Sorry, ich war zu spät. Ich steckte im Stau", sagte er zu mir.

Hinter mir stand niemand, also war ich gemeint. Was wollte dieser Looser von mir?

„Ich wüsste nicht, dass ich mit dir ein Date hätte", sagte ich und machte, dass ich wegkam.

„Oh", hauchte er, sprang vom Geländer und klebte sich an meine Fersen. „Wohin gehst du?", wollte er wissen.

„Schätze zu Mac'es, hab' einen Bärenappetit auf einen Burger."

Der Typ folgte mir wie ein Schatten.

„Dort wollte ich auch hin, was für ein Zufall!", sagte er fröhlich und hüpfte leichtfüßig neben mir hin und her.

Bei Mac'es bestellte ich einen Hamburger, Pommes und zwei Cola. Er wollte nichts essen, kippte nur die eiskalte Cola hinunter. Es ging so schnell, dass ich meinte, das dunkle Getränk durch seinen durchsichtig schimmernden blassen Hals fließen zu sehen.

„Ich hole mir noch eine Cola. Willst du auch? Ich lade dich ein."

Ich ließ mich nicht zweimal bitten und nickte.

Er nahm das Tablett und verdünnisierte sich. Gott, war der dünn, dieser Typ. Total dürre Beine und seltsam abstehende Schulterblätter.

Während ich wartete, ging ich vor die Tür und zündete mir eine Kippe an. Wie aus dem Nichts stand er neben mir und reichte mir den Colabecher.

„Rauchen solltest du nicht!"

„Bist du meine Mutter?", fragte ich ihn gereizt und zog genüsslich den Rauch ein.

„Nein, deine Mutter nicht…. aber dein Schutzengel", hauchte er mir ins Ohr.

„Phuu!", prustete ich los, dass mir die Cola in die Nase stieg. „Nicht schlecht! Was hast du denn geschluckt, Alter?"

„Nichts. Es ist wahr! Ich wurde dir zugeteilt. Schau mal!" Er hoppelte ungeduldig auf der Stelle und hob sein Käppi kurz hoch.

Wenn der Vormittag in der Schule ein Horrortrip war, war es nichts gegen das hier. Unter seinem Käppi leuchtete, wenn auch nur zaghaft, ein Heiligenschein. Ich musste mich an der Wand festhalten, um nicht aus den Latschen zu kippen.

„Und hier, sieh mal, damit du mir glaubst!" Er drehte sich mit dem Rücken zu mir und krempelte sein T-Shirt hoch. Und das, was ich sah, waren nicht seine abstehenden Schulterblätter, sondern zwei weißgraue eingeklappte Flügel.

Diese Neuigkeit musste ich zuerst verdauen. Ich zerquetschte den Colabecher und kickte ihn über die Straße. Dann nahm ich ihn an der Hand und zog ihn zum nächsten Hauseingang. „Rein!", befahl ich und drängte ihn in den Hausflur und weiter zum Innenhof.

„Ausziehen!", herrschte ich ihn an, nachdem ich mich vergewissert hatte, dass keiner aus dem Fenster in den Innenhof hinunterschaute.

Er nahm das Käppi ab, zog sein T-Shirt hoch, breitete die etwas zerknautschten Flügel aus und vollführte einige ungeschickte, aber eindeutige Flugrunden über dem Hof.

Ich musste mich setzen.

„Ich habe einen Schutzengel?"

„Jeder hat einen. Aber nicht jeder kann ihn sehen."

„Aha. Und wo warst du heute Morgen während der Klassenarbeit, du Prachtstück? Ist es dir überhaupt aufgefallen, dass ich durchgerasselt bin?"

„Ihr habt eine Arbeit geschrieben?", fragte er mit großen Augen.

„Ich fass es nicht! Du wusstest nichts davon? Du bist mein Schutzengel!"

„Doch. Aber ich habe den Tag verwechselt. Tut mir leid." Er schaute schuldbewusst zum Boden.

„Tut dir leid? Tut dir leid? Das nützt mir jetzt aber wenig!"

Ich war wütend. Immer musste ich die zweite Wahl bekommen. Zu Hause auch. Meine Schwester war der Liebling, die gute Schülerin und die Hübsche. Ich der Versager. Kein Wunder, dass ich nur einen aussortierten Bodyguard bekam.

„Auf deine Hilfe kann ich verzichten!", warf ich ihm vor die Füße, drehte mich um und wollte über die Straße, Richtung Volkspark.

„Halt!", rief er. Aber ich ging stramm weiter, ohne mich umzudrehen.

Dann passierte es: Ein Hupen, Bremsen und eine kalte Hand, die mich am Kragen zurückzog. Und etwas Starkes, das mich in den Rinnstein schleuderte.

Als ich die Augen aufschlug, beugten sich Köpfe mit besorgten Gesichtern über mich. Ich rappelte mich hoch und schaute an mir hinunter. Alles war noch dran, keine Schmerzen, nichts gebrochen.

„Na, da hast du aber einen Schutzengel gehabt", sagte ein alter Mann, der mir auf die Beine half.

„Danke", sagte ich verdattert und schaute mich um. Mein Freund Engel stand etwas abseits und grinste mich an.

„Glaubst du mir jetzt?", fragte er, nachdem ich alle überzeugt hatte, dass mir nichts fehlt und ich gehen konnte.

„Danke", murmelte ich. Irgendwie war es zu viel für mich an diesem Vormittag. Ich musste in Ruhe alles überdenken. Aber der Typ wich nicht von meiner Seite. Es war schrecklich! Jede Bewegung, die ich machte, versuchte er nachzumachen, wobei es ihm nicht immer gelang.

„Mach dich doch wieder unsichtbar", schlug ich vor, „du nervst."

„Kann ich nicht, das liegt an der Situation, ob du mich sehen kannst oder nicht."

„Wie denn das?"

„Na ja, in Zeiten der Verzweiflung werden wir sichtbar."

Da hatte er Recht, ich befand mich in einem Zeitalter der Verzweiflung, wenn ich an das Gruselkabinett des Gymnasiums Sichelstraße dachte.

„Dann hör bitte auf, mich nachzuäffen. Fällt das wenigstens in deine Zuständigkeit?"

„Hm", nickte er und kratzte sich verlegen unter seinem Heiligenschein.

„Na gut, wenn du schon da bist, dann kannst du mir heute Nachmittag beim Fußballspielen helfen. Mach dich nützlich."

Mein Engel strahlte. „Eine gute Idee, ich komme, du wirst sehen...."

„Ja, ja", unterbrach ich ihn und eilte nach Hause und dann zum Fußballplatz.

Unsere Mannschaft spielte grottenschlecht. Wir verloren 1 : 5 und ich holte mir ein blutiges Knie. Die zweite saubere Niederlage an diesem Tag.

„Wo warst du, du Versager? Ich dachte, du kannst mich beschützen!", blaffte ich ihn an, als wir nach dem Spiel im Clubhaus eine Cola tranken.

„Entschuldigung. Ich war da, aber…"

„Ja, und warum hast du nicht achtgegeben, als der Ball ins Tor flog? Oder als ich auf die Fresse fiel?"

„Ich weiß nicht. Ich guckte den Schiri an, und…"

„Sag mal, was bist du denn für ein Schutzengel, wenn du nicht aufpassen kannst?"

„Ja, ja, entschuldige."

„Hallo! Raus mit der Wahrheit! Du bist kein Schutzheiliger. Du vermasselst alles, was vor deine dämliche Visage kommt."

„Ich…", er kippelte nervös auf seinem Stuhl. „Komm, lass uns gehen, es ist langweilig hier. Lass uns in die Skaterhalle gehen, ich zeige dir ein Paar Tricks, die kann keiner, nur ich. Aber dir zeige ich sie."

Er war wirklich nicht schlecht. Er konnte nicht nur in der Luft eine Pirouette drehen, ohne das Brett zu verlieren, er konnte von einer Bahn auf die andere springen und kam elegant oben wieder an. Es war nicht ungefährlich, fast unmöglich. Aber ich probierte es, und es klappte. Als ich abhob, hatte ich das Gefühl, als würden mich zwei starke Arme hochheben und tragen. Alle schauten mit offenen Mäulern zu. Ich war happy und versuchte es noch einmal. Diesmal aber landete ich schmerzlich auf allen Vieren. Es fühlte sich an, als wären meine sämtlichen Knochen gebrochen. Ich rappelte mich auf und suchte den Versager von Beruf. Der kasperte tatsächlich auf der anderen Seite der Halle, total abgelenkt und drehte Pirouetten auf einem Bein inmitten einer Gruppe Jugendlicher, die ihn begeistert anfeuerten.

Wütend schleppte ich mich hin. „Du Idiot!"

Er erschrak. „Sorry, ich wollte nur kurz…"

„Das bringt mir nichts, mein Brett ist kaputt und meine Jeans auch."

Verzagt schaute er zu Boden.

„Du hast da ein Problem, mein Lieber."

„Ich weiß. Ich lasse mich immer ablenken."

„Du willst mir doch nicht weismachen, dass du Konzentrationsprobleme hast", lachte ich laut auf.

Er nickte.

„Haben Engel es auch?"

„Na ja, doch, ja. Bei uns heißt das himmlischer Durchzug."

„Ach du heiliger Bimbam und warum sucht sich einer wie du gerade mich? Ich bin mit der Konzentration auch nicht auf der Höhe!"

„Ich habe mir dich auch nicht ausgesucht, ich wurde dir zugeteilt. Was kann ich denn dafür, dass du ein äußerst anstrengender Job für mich bist? Hätte ich einen Sesselpupser unter Beobachtung, könnte ich seelenruhig in der Nase bohren. Aber du kannst einen auf Trab halten. Das sage ich dir."

Ich musste nachdenken. Aber wer kann nachdenken, wenn man von einem hyperaktiven Schatten verfolgt und voll gelabert wird.

„Nimm dir einen Tag Urlaub", schlug ich ihm vor. „Ich kann schon auf mich selbst aufpassen."

„Oh danke, eine gute Idee", sagte er. Zu meiner Überraschung war er begeistert und nahm freudestrahlend meinen Vorschlag an. Wer würde auch auf einen freien Tag freiwillig verzichten?

Wir gaben uns die Hand, und er verschwand in einer dichten Nebelwolke, die in unserem Vorgarten waberte.

2.

Einerseits war ich erleichtert, andererseits fehlte mir etwas. Hinten. Es fühlte sich an, so wie ein OP-Hemd, das hinten offen ist. Ein nackter Hintern im Wind. Es zog. Einen gewissen Schutz bot mir Vaters Ohrensessel, in dem ich mich den ganzen Abend lümmelte und so tat, als würde ich die Zeitung lesen.

Mein Vater ist so megabeschäftigt, dass man denken könnte, er wäre Barack Obama. Er ist nie da, wenn man ihn braucht und wenn, dann ist er damit beschäftigt, den 95er Bordeaux zu dekantieren und in seinem Ohrensessel einzunicken. Ich kann machen, was ich will, er nimmt mich nie wahr. Außer auf meine schlechten Noten reagiert er auf rein gar nichts. Wenn er nicht da ist, ergreife ich die Gelegenheit und besetze seinen Sessel. Ich fläze mich hinein und rieche den herben Geruch seines Rasierwassers. So bin ich ihm näher, als wenn er da wäre. Zeitgleich aber pupse ich möglichst heftig in die Sesselpolster; aus geheimer Rache für seine Abwesenheit sozusagen.

Was mein Vater macht, weiß ich nicht so genau. Es geht da um Teamsitzungen, Wertpapiere und Abschreibungen. Keine Ahnung, was er abschreibt, ist irgendwie erlaubt. Mir wäre es lieber, er wäre Mechatroniker oder Kommissar. Aber wenigstens bringt er die Kohle nach Hause. Meint Ihr aber, ich hätte einen Roller oder einen eigenen Fernseher im Zimmer? Weit gefehlt!

„Die Kohle muss man sich selber verdienen, damit man weiß, was man hat!", predigt er immerzu. Dass er aber das Haus von meiner Oma geerbt hatte, ist für ihn selbstverständlich.

An diesem Abend thronte er also nicht in seinem Ohrensessel und meine Mama schloss sich mit meiner Schwester in ihrem Zimmer ein. Vorher lief sie mit rot geränderten Augen herum, und jetzt tuschelten die beiden leise hinter der verschlossenen Tür.
Es war mir recht, alleine zu sein, wenn meine Mutter mir auch leidtat. Worum es hier ging, erfuhr ich erst viel später und ganz zufällig. Aus ihrer Melancholie erwachend, versäumte sie aber später nicht, mich nach der Klassenarbeit zu fragen.

„Ach ganz OK", entgegnete ich und tat, als würde ich die Zeitung aufmerksam lesen. In Wahrheit aber zählte ich die As auf der aufgeschlagenen Seite und ich kam auf 1.276.
„Ach das freut mich, dass du dich für Politik interessierst!", meinte sie, als sie mich mit der Zeitung in der Hand sah. Sie brachte mir sofort mehrere Bücher und lebte für eine Weile sichtlich auf.

Sie müssen wissen, sie ist ganz klein und zierlich und auf ihre Art sehr hübsch. Sie liebt Bücher und überhaupt alles, was mit Kunst zu tun hat. Sie ist auch sozial megamäßig engagiert und unterstützt Hilfsbedürftige, mich eingeschlossen. Und sie macht sich immerzu Sorgen. Am Häufigsten wohl wegen mir.

Meine Schwester studiert in Lübeck und ist nur selten zu Hause. So bleibt es an mir, meiner Mutter Gesellschaft zu leisten, wenn Vater nicht da ist. Und das ist in der letzten Zeit verdammt oft gewesen. Der Alte hat Nerven. Wenn ich so eine schmucke Frau zu Hause hätte, würde ich verdammt aufpassen, dass sie auch zu Hause bleibt.

Wenn ich mal heiraten sollte, ich meine wenn, was nicht so wahrscheinlich ist, werde ich so jemanden wie meine Mutter heiraten. Und wenn ich Kinder haben sollte, werde ich von Anfang an total streng sein. Nicht so weich und lieb wie meine Mutter. Obwohl sie mir in der letzten Zeit gewaltig auf den Wecker geht. Mit ihren Sorgen, mit ihren Büchern und den roten Augen. Wenn mein privater Engel was taugen würde, könnte ich ihn ihr ausleihen. Vielleicht könnte er ihr etwas flüstern.

„Möchtest du mitessen, Peter?"

Sie kam ins Zimmer und fing an, den Tisch zu decken.

„Was gibt es?"

Ich beobachtete ihre zierliche Figur und die langen schwarzen Haare, die sie zu einem Zopf geflochten hatte. Als sie so um den Tisch herumlief und die Gläser mit Wasser füllte, meinte ich einen Hauch von Licht um ihren Körper wahrzunehmen. Eine zweite durchsichtig schimmernde Haut. Eine Strahlung oder Rauch. Ich blinzelte und das Licht verschwand. Also widmete ich mich den Bs in dem Artikel über die Unruhen in Tschetschenien, um sie in dem guten Glauben zu wiegen, dass ich mich politisch weiterbilde. Ich durfte sie nicht noch mehr enttäuschen.

„Na, wie ist denn deine Arbeit ausgegangen?", fragte meine Schwester schnippisch, als wir beim Abendessen saßen.

Sie wusste, ich hatte nicht viel getan. Woher sie es wusste, weiß ich nicht. Sie wusste immer alles über mich. Als ich klein war, glaubte ich, sie könne zaubern. Sie wusste immer genau, wann ich log und gab meiner Mutter subversive Tipps in punkto meiner Erziehung. Heute war mir klar, dass es keine Zaubereien und Hexen gäbe, nur meine Schwester war eine Ausnahme.

„Ganz gut", antwortete ich und konzentrierte mich drauf, nicht rot zu werden.

„Hast du abgeschrieben? Oder eigene Spickzettel gehabt?"

Diese blöde Ziege!

„Weder noch, ich hatte einen Schutzengel."

Auch wenn dieser mir nicht geholfen hat, weil er die Arbeit verpennt hatte, konnte ich zumindest kontern.

„Und der Schutzengel - hatte er den Stoff gelernt?", fragte die Besserwisserin und wusste nicht, wie nah sie an der Wahrheit vorbei schlitterte.

„Ja, er hat mir alles ins Ohr geflüstert!", blaffte ich sie an und hoffte, meinen Schutzengel dazu bringen zu können, wenigstens nachträglich durch irgendwelche himmlischen Mächte die Antworten auf das leere Blatt zu schmuggeln. Er könnte auch Frau Dieckens eine Portion Nächstenliebe einhauchen und ihre Hand führen, die dann statt einer Sechs wenigstens eine Vier minus unter die Arbeit setzt.

„Warum grinst du so dämlich?" Meine Schwester mochte es nicht, wenn sie nicht verstand, was in meinem Kopf los war.

„Ich bin glücklich, dass ich ein so liebes Schwesterchen habe", antwortete ich süß.

Im Deutschunterricht hatten wir gerade Sarkasmus, Spott und Zynismus durchgenommen. Ich fand es angebracht, einige Hausübungen zu starten. Das war meine Schwester nicht von mir gewohnt.

„Lass ihn doch, Lisa. Ich freue mich, dass es diesmal gut gelaufen ist. Im Moment habe ich nicht viel, worüber ich mich freuen kann."

„Oh, das tut mir leid, Mami", entgegnete Lisa und küsste meine Mutter auf die Wange.

Mutter schluchzte, zwei dicke Tränen kullerten über ihre blassen Wangen und plumpsten in die heiße Fleischsuppe wie zwei Regentropfen in den See.

Ich beobachtete die leichte Kreisbewegung, die sie in der fetten Flüssigkeit hinterließen und schaute dann meine Schwester fragend an.

„Komm iss", sagte sie milde. „Nachher gibt es Tortellini mit Käsesahnesoße."

Ich bekam Angst. Wenn Lisa nett zu mir war, bedeutete es, dass eine Katastrophe im Anmarsch war. Mein Rücken fühlte sich kalt an.

3.

Normalerweise schlafe ich sofort ein, sobald mein Kopf das Kissen berührt. Aber heute Abend konnte ich nicht einschlafen. Meine rotäugige Mutter machte mir Sorgen und die Begegnung mit meinem unzuverlässigen Schutzengel beunruhigte mich. Einerseits war ich froh, einen zu haben. Andererseits taugte er nicht viel. Die Nummer in der Skaterhalle war beeindruckend und die auf der Straße auch. Ich hätte gerne gewusst, wozu er fähig war, wenn er nicht so zerstreut wäre. Das muss ich ihn das nächste Mal fragen, nahm ich mir vor und schlief endlich ein.

Ich träumte, ich sitze auf einer weißen Wolke im Schneidersitz, spiele Gitarre und zwar so gut, dass mir selbst vor Verzückung die Tränen aus den Augen fließen. An mir vorbei düsen Engel verschiedener Ausprägung und klatschen mir Beifall. Ich denke noch, wie es oft in Träumen ist: Wenn ich aus diesem Traum aufwache, nehme ich mir meine Gitarre wieder vor. In der letzten Zeit habe ich sie vernachlässigt. In Wirklichkeit kann ich noch lange nicht spielen.

Dann aber werde ich der Flügel, die auf meinem Rücken kleben, gewahr und denke, ich wäre wahrscheinlich bereits tot und auch ein Engel geworden. Gleichzeitig nehme ich hinter mir etwas rundes Schwarzes wahr. Dieses Etwas schubst mich unsanft von der Wolke herunter und ich falle. Immer schneller und schneller. Das Fallen ist berauschend, doch gleichzeitig habe ich ein unangenehmes Kribbeln und Wiegen im Bauch wie im Aufzug, wenn er mit einem Schwung anhält. Die Erde kommt immer näher und näher, und ich schließe vor Angst die Augen. Zugleich pralle ich unsanft auf den Boden, schreie und reiße die Augen wieder auf.

Als ich mit dem Schrei in der Wirklichkeit aufwachte, lag ich in meinem Zimmer neben meinem Bett. Mir war kalt. So rappelte ich mich im Halbschlaf hoch und kletterte zurück in das noch warme Bett. Der Wecker zeigte vier Uhr.

„War heute Vollmond?", fragte ich mich. Wenn ich bei Vollmond vergaß, die Vorhänge zuzuziehen, schlief ich immer unruhig. Mein Blick wanderte zum Fenster. Es stand offen. Auf dem Fenstersims erahnte ich einen gebückten Schatten.

Als sich meine verschlafenen Augen wieder scharf stellten, sah ich eine Kreatur, die eine Kreuzung zwischen meinem Engel und einem Vampir darstellte. Was war mit mir los? Hatte mir jemand eine Droge in den Tee gekippt? Aber solche Späße erlaubte sich meine musterhafte Schwester nicht.

Oder wurde ich verrückt? Meine Mutter besaß mehrere Bücher über die Pubertät. Das Wort spukte seit Jahren in unserer Wohnung und in der Schule herum. Ich nahm mir vor, die einschlägige Literatur durchzuschauen. Ob dort etwas über Sinnestäuschung aufgrund eines Hormonüberschusses in der Pubertät stand?

Wenn ich schon so einen Film umsonst angeboten bekam, beschloss ich, ihn bis zum Schluss anzuschauen.

Ich setzte mich auf, machte die Nachttischlampe an und schaute in die hellblauen Augen meines Engelfreundes. Der Rest aber sah ganz anders aus als heute Vormittag. Seine Haare waren lila und standen ihm vom Kopf ab, wie dem Sunnyboy-Vampir aus dem Hollywood Schmachtfilm Twilight. Er war ganz in Schwarz gekleidet, mit einem breiten Cape umhüllt, mit schwarz umrandeten Augen und dunkelroten Lippen. Nur der weiße durchsichtige Teint war vom Original geblieben. Meine Augen suchten über seinem Kopf nach dem schrägen Heiligenschein, der aber war weg. Hätte natürlich nicht zu einem Vampir gepasst. Dann sah ich ihn, als eine leuchtende Halskette um seinen Hals hängen.

„Hast du noch andere Ämter inne?", fragte ich ihn erstaunt.

„Nein, das ist jetzt bei uns im Himmel in. Gefällt es dir?" Er stellte sich in Pose und bleckte seine langen Vampirzähne.

„Bescheuert", sagte ich mehr zu mir als zu ihm.

„Na, schau dich doch mal um, was auf den Straßen so herumläuft: Punks, Emos, Gothiks, Raver, Mangas und was weiß ich was noch. Die gehen damit sogar in die Schule, ich verkleide mich nur in der Freizeit."

„Apropos Freizeit. Warum hockst du hier bei mir, wenn ich dir großzügig einen freien Tag geschenkt hatte?"

Seine rabenschwarzen Lider senkten sich und er schaute verlegen auf seine Füße.

„Ich muss bei dir bleiben."

„Warum? Es ist doch mein Ding, ob ich beschützt werden möchte oder nicht."

„Na ja, doch", gab er zu. „Aber…", er zögerte.

„Aber was? Hör mal, ich habe doch Anrecht auf eine Erklärung, schließlich muss ich mit dir klarkommen, kein anderer. Und ob ich es mit einem engelhaften Vampir aushalten kann, bin ich mir nicht sicher."

„Von mir aus. Aber schlag mich nicht! Ich habe dafür, dass ich dir die Skateboardpirouetten vorgeführt hatte, auf dich dann aber nicht achtgab und mich vor den anderen auch noch leibhaftig gezeigt habe, zwanzig Sozialstunden erhalten. Du musst wissen, auch bei uns oben", er drehte die Eulenaugen Richtung Decke, „gibt es Gesetze, die man brechen kann."

„Na das fängt ja gut an. Von mir aus, bleib hier! Halt aber den Mund! Ich muss schlafen, morgen schreiben wir eine Mathearbeit. Gute Nacht."

Ich drehte mich zur Wand und schloss die Augen. Ich war gerade beim Einschlafen, da kroch etwas unter meine Bettdecke und legte sich in Löffelchenstellung hinter mich. Oh Gott, was war jetzt schon wieder los? Ich ging hoch und sprang aus dem Bett. Der gemeine Schutzengel starrte mich mit seinen mittlerweile verschmierten Augen an.

„Was soll das?", fragte ich ihn schockiert. „Bist du auch noch schwul oder was? Geh woanders kuscheln, du Spasti!" Verdammt, war das peinlich!

„Was hast du denn?", fragte er erstaunt und schaute dabei wie ein verbrannter Pfannekuchen. „Ich schlafe jede Nacht bei dir, seit fünfzehn Jahren wache ich über deine Träume, über deine Atmung, deine Herzfrequenz, über deine...", er hielt inne.

„Das ist eine Verletzung der Privatsphäre!", rief ich empört aus. „Noch nichts vom Datenschutz gehört?"

„Ich erzähle auch niemanden etwas über dich. Schweigepflicht, verstehst du?"

Hm. Nickte ich halbherzig.

Ich sah zu ihm hin. Ob ich wollte oder nicht, musste ich mich damit anfreunden, dass mir ständig jemand am Rockzipfel hängt. Vielleicht könnte man aber auch seine übersinnlichen Kräfte ausnutzen, überlegte ich. Wie sagte mein Vater immer? „Wenn das Leben Dir eine Zitrone gibt, versuch Zitronenlimonade daraus zu machen." Meistens laberte er nur Blödsinn, aber diese Weisheit war brauchbar.

„Pass auf", sagte ich zu ihm und schaute ihm eindringlich in die Augen. „Hier im Bett kann mir nichts passieren, hier bin ich sicher. Aber morgen ist die Mathearbeit angekündigt. Ich muss die Aufgaben wissen. Eine weitere Niederlage kann ich mir nicht leisten. Du könntest doch, anstatt mir hier ins Ohr zu schnaufen…".

„Nein, nein, nein!", unterbrach er mich. „Keine illegalen Sachen, bitte. Das darf ich nicht."

„Bist du mein Schutzengel oder nicht? Nehmen wir an, du musst mich vor den hinterlistigen Aufgaben meines Mathelehrers beschützen. Dann ist es erlaubt."

„Ich darf dich nur vor Dingen schützen, die dein Leben gefährden."

„Ja, und mein Leben ist gefährdet, wenn ich noch eine einzige schlechte Note nach Hause bringe. Mein Vater bringt mich um. Meine Mutter bringt es um und mein Leben ist für immer zerstört."

„Da bin ich aber gerührt, mir kommen die Tränen."

„Gut, wenn du nicht willst, lass es. Aber leg dich schön weit weg von mir!", befahl ich gähnend und schlief sofort ein, als hätte mir jemand eine übergewischt.

4.

Das Rumpeln der Mülltonnen, die an diesem Tag geleert wurden, weckte mich. Der Wecker zeigte Viertel vor Acht. Ich hatte verpennt! „Mist! Die Mathearbeit!", ging mir durch den Kopf. Blitzartig zog ich mich an und sprintete zur Bushaltestelle. Wie erwartet fuhr der Bus gerade ab, als ich um die Ecke bog. An einem solchen Tag eine Mathearbeit zu schreiben, war reiner Selbstmord. Wenn bei mir eine Sache schiefgeht, zieht sich die Pechsträhne wie eine Schleimspur durch den ganzen Tag durch. Ich tastete in meinem Inneren nach Schmerzen oder verstopften Nasenhöhlen. Zu meiner Enttäuschung aber antwortete mein Körper mit ungebetener Gesundheit. Ich hatte keine Ausrede und würde zu spät kommen. Das bedeutete, in einer Rekordzeit unzählige Matheaufgaben zu rechnen, die der Feder eines rachsüchtigen Lehrers entsprungen sind. Es hatte alles keinen Sinn. Warum beeilte ich mich überhaupt? Gerade, als ich verlangsamte, kam ein starker Wind auf, und eine unsichtbare Baggerschaufel schob mich nach vorne. Ich fühlte den Boden unter meinen Füßen nicht mehr. Als ich vor der Schule landete, hatte gerade die Schulglocke gebimmelt.

Vor der Klasse stand mein Schutzengel und strahlte mich an wie ein leuchtender Fliegenpilz. Man konnte sehen, dass er die Nacht durchgemacht hatte. Er hatte die Vampirkluft immer noch an, die Haare aber waren jetzt struppig und verklebt, die Fingernägel dreckig. Ob er Mundgeruch hatte, wollte ich nicht nachprüfen.

„Hast du die Arbeit und die Ergebnisse?", fragte ich ihn außer Atem und schaute mich vorsichtig um, ob uns keiner beobachtet. Denn in diesem Moment sah ich für einen Außenstehenden paranoid aus. Einer, der Monologe labert.

„Ja, ich habe sie gefunden. Es war nicht einfach, denn im Lehrerzimmer waren sie nicht."

„Ist doch klar, die halbe Klasse wäre hier eingebrochen, wenn der Mathelehrer sie in der Schule aufbewahren würde!", tippte ich mir an die Stirn.

„Er hatte sie aber sauber ausgebreitet auf seinem Schreibtisch zu Hause. Hier!", sagte mein Schutzengel, der nun wahrlich diesen Namen verdient hatte und übergab mir feierlich drei voll geschriebene Blätter.

„Danke!", sagte ich begeistert, drehte mich zur Wand und überflog die Aufgaben. Halleluja! Auf dem Blatt standen nicht nur die Aufgaben, sondern auch die Rechenwege und alle Ergebnisse.

„Geschenkt", antwortete er gönnerhaft.

Da sprang mir eine Zahl ins Auge, die rechts oben auf dem ersten Blatt stand: 10 a. „Verdammt! Du hast die falsche Arbeit mitgenommen, du verpeiltes Engelvieh! Ich bin nicht in der 10 a sondern in der 10 b beheimatet!"

„Ja?"

„Ja! Wo warst du denn die ganzen Jahre, wenn du nicht einmal weißt, ob ich in der 10 a oder in der 10 b bin?"

Er schaute mich mit seinem Engelsblick an, der an ein gejagtes Reh erinnerte. „Das ist nicht gut. Gebe ich zu."

Was jetzt? Ich sah den Mathelehrer Lemke den Korridor entlangeilen, steckte die Blätter in den Rucksack und eilte in die Klasse.

„Beschütze mich wenigstens, wenn du sonst alles verpeilst", raunte ich meinem Engel über die Schulter zu, setzte mich auf meinen Platz und legte mit zitternden Fingern meine Stifte aufs Pult bereit.

Lemke verteilte die Arbeit und ich starrte die Aufgaben an, die mich wie chinesische Zeichen angrinsten.

„Ich kann auch ein bisschen rechnen, ich helfe dir", flüsterte mir jemand ins Ohr. War klar, wer das war.

„Ich bin eigentlich ein sehr guter Rechner. Mal sehen." Er beugte sich über meine Schulter und las: Grundwissen Biomanische Formeln.

„Binomische Mann!", zischte ich. „Die kann ich auch noch. Lass mich machen und halt den Mund!"

Auf diesem Gebiet hatte ich minimal Ahnung und fing gleich an zu rechnen. Konnte mich aber nicht konzentrieren, denn Engelhard (so nannte ich ihn jetzt) pustete mir aufgeregt ins Ohr, während er halblaut die nächste Aufgabe durchlas:

Nadja macht nach dem Realschulabschluss eine dreijährige Ausbildung. Er möch…

„Wie bitte? Warum er? Nadja ist doch ein Mädchenname! Peter, schau dir die Aufgabe 2a an! Nadja ist doch ein Mädchen!"

„Wie? Was?" Ich unterbrach meine binomischen Überlegungen und las die Aufgabe zwei. „Na und? Egal, ein Fehler halt."

„Ein Fehler? Das ist Mathematik! Mathematik verlangt Genauigkeit! Das solltest du reklamieren."

„Nicht wichtig", unterbrach ich seine philosophischen Ergüsse. „Wichtig ist, dass ich keine Ahnung habe, wie das Zeug geht.

„Peter!", donnerte Lemkes Stimme durch die Klasse, „wenn du nicht auf der Stelle den Mund hältst, setze ich dich zu mir nach vorne!"
Ich erschrak, beugte mich tief über das Blatt und tat, als würde ich fieberhaft rechnen. Engelhard blieb ebenfalls still.

Aus dem Augenwinkel beobachtete ich unseren Matheprimus, Marius Hübchen, der etwas auf ein Blatt Papier kritzelte, das Blatt zerknüllte und es Richtung Nina, seiner Angebeteten warf. Ich stieß Engelhard in die Rippen und flüsterte: „Fang es!"

Man musste zugeben, dass er blitzschnell reagierte. Mit einem kräftigen Flügelschlag, der im Umkreis von zwei Metern allen die Haare zerzauste, startete er raketenartig dem Papierball hinterher und kurz bevor dieser Nina erreichte, hielt er ihn in der Hand. Nur bremsen konnte Engelhard nicht mehr. Er prallte hammerhart gegen die Fensterscheibe und plumpste wie eine reife Birne auf den Boden. Ein stumpfer Knall war zu hören. Alle hoben die Köpfe und schauten verdattert um sich. Nina saß mit leeren Händen da und schaute wie Lady Gaga auf Droge.
„So meine Herrschaften!" Lemke, der bisher an seinem Lehrerpult döste und ab und an böse in die Klasse stierte, stand auf und spazierte mit strengem Blick durch den Mittelgang an mir vorbei.
„Ihr wisst, was dem blüht, der hier versucht zu betrügen, ist das klar?"

Alle senkten die Köpfe und schrieben fieberhaft weiter. Es war so still, dass man die Schweißfüße riechen konnte.

„Hier!" Der gefallene Engel weilte mittlerweile auf allen Vieren unter meinem Tisch und drückte mir das zerknüllte Blatt Papier in die verschwitzte Hand. Langsam und zitternd faltete ich es auf den Knien auseinander, lehnte mich leicht nach hinten und spähte auf das Blatt. In einem roten Herzen eingerahmt stand tatsächlich die Rechnung der zweiten und, was für ein Geschenk des Himmels, der dritten Aufgabe! Ich prägte mir die Formeln ein und steckte den schweißnassen Zettel mit Hübchens Liebeserklärung unter meinen linken Oberschenkel.

Ich rechnete olympiareif. Aber unter erschwerten Bedingungen. Denn mein Engel wollte mir unbedingt helfen. Kennen Sie das, wenn jemand gleichzeitig mit Ihnen zählt? Es ist unmöglich, man verrechnet sich andauernd. Nach langem Hin und Her waren wir dann doch endlich mit den ersten drei Aufgaben fertig.

Engelhard kletterte aus seinem Versteck unter dem Tisch, hockte sich neben mich und las die vierte Aufgabe vor: „Die Untersuchung eines Hähnchens bei einer Lebensmittelprobe ergibt 60 Salmonellen. Die Bakterien verdoppeln sich in 20 Minuten… Igitt, igitt", schüttelte er sich, „letzte Woche ist ein Dutzend bei uns oben eingetroffen. Ekelig sag ich dir."
„Lass die Kommentare", unterbrach ich ihn. „Hier muss ich den Graphen einer Funktion zeichnen. Da blicke ich

nicht durch und für diese Aufgabe gibt es die meisten Punkte."

Auf der Wolke seines Erfolges schwebend meinte Engelhard: „Kein Problem, du musst nur dafür sorgen, dass jemand das Fenster öffnet."

„Fenster öffnet? Warum?"

„Mach schon!", zischte er und wippte ungeduldig mit dem rechten Bein, dass die Bank zitterte.

Ich warf einen verstohlenen Blick nach hinten. Lemke stand immer noch zwischen den letzten Reihen an der Wand gelehnt und stierte aus dem Hinterhalt über unsere Rücken.

„Mir ist so heiß, Herr Lemke, könnte man das Fenster öffnen?", fragte ich leidend und fächelte mir mit der Hand Luft zu wie ein sterbender Schwan.

„Man könnte", meinte Lemke gönnerhaft, lief nach vorne zum Fenster und öffnete es.

Als er der Klasse den Rücken drehte, wurde diese lebendig. Zuerst flogen Blicke und dann Zettel hin und her. Bücher wurden unter den Bänken auf- und zugeklappt und einige versuchten, die verschmierten Hieroglyphen, die sie auf ihre Innenhand vor der Arbeit eilig aufgeschrieben hatten, zu entziffern.

„Ruhe!", schrie Lemke und drehte sich blitzschnell wie beim Ochsenberger eins, zwei, drei um. Die Klasse erstarrte, und es wurde wieder still. Doch den kurzen Siedepunkt der Unruhe konnte Engelhard ausnutzen. Er stellte sich in den Rahmen des offenen Fensters und fing an, mit den Flügeln dermaßen zu flattern, bis eine Orkanböe durch den Raum wehte und die Blätter von Lemkes Tisch zu Boden fegte. Dann sprang Engelhard vom Fensterbrett hinunter und pustete so lange, bis ein

Blatt unter meinem Tisch landete. Ich hatte dann den Bruchteil einer Sekunde Zeit, die fertige Funktionskurve zu studieren, während Lemke auf allen Vieren seine Blätter zusammenklaubte. Ich schrieb, bis der Stift glühte. Es gelang mir, die letzte Aufgabe bis zum gesegneten Ende zu führen.

„Fertig", hauchte mir Engelhard ins Ohr. Ich hielt ihm meinen erhobenen Daumen entgegen und lächelte ihn an.

Engelhard freute sich riesig und veranstaltete einen Freudentanz, indem er wie Karlsson vom Dach unter der Decke umherdüste und einen immensen Krach veranstaltete, der an Fledermäuse erinnerte. Das wäre nicht so schlimm gewesen, denn es konnte ihn keiner sehen. Als er aber vor lauter Freude damit anfing, Unfug zu treiben, indem er die anderen kitzelte oder mit ihren Kulis wackelte und so strahlte, dass es im Raum mehrere Lumen heller wurde, musste ich ihn zurückpfeifen. Da klingelte aber schon die Schulglocke, und Lemke sammelte die Arbeiten ein.

5.

Mein Leben nahm eine ganz neue Dimension an. Plötzlich machte mir die Schule Spaß. Ich musste mich freilich an meinen aufgedrehten Engel gewöhnen und ihn des Öfteren zum Chillen fortschicken. Aber die Zusammenarbeit mit ihm war in jeder Beziehung gewinnbringend.

In den ersten Tagen ließ mich Engelhard immer wieder im Stich. Nicht vorsätzlich, er war halt so vergesslich und durchgedreht. So musste ich dafür sorgen, dass er einen geregelten Tagesablauf bekam. Jeden Morgen stand ich etwas früher auf, um genug Zeit zu haben, ihn zu rufen, wenn er sich irgendwo herumtrieb und die Zeit verdaddelte. Aber ansonsten arbeiteten wir großartig zusammen, und meine Noten verbesserten sich rasant. Dank diesem Umstand wurde mein Leben zu Hause erträglicher. Meine Mutter freute sich unendlich, mein Alter kaufte mir für meine erste Eins in Mathe einen iPod.

Alles lief prima, aber ich muss zugeben, dass diese ständige Spickerei und Betrügerei mit einem Überangebot an Adrenalinzufuhr zu viel für meine Nerven waren. Engelhard hingegen genoss es sichtlich. Er laberte mich voll, wenn ich mich konzentrieren musste, wurde besserwisserisch und fing an, mit mir während der Arbeiten zu diskutieren.
Einmal beim französischen Vokabeltest flüsterte er mir alles auf Spanisch zu. Zuerst merkte ich nichts, weil seine Aussprache zu wünschen übrigließ und er mir die

Vokabeln buchstabieren musste. Ich habe mich auf ihn total verlassen und hatte keinen blassen Schimmer wie man auf Französisch Schulpsychologe, Sozialarbeiter oder gar Schweinemastbetriebskantine sagt. So schrieb ich alles brav auf, was mir Engelhard diktierte und merkte dann viel zu spät, dass er im falschen Wörterbuch blätterte. Das war oberpeinlich.

Zwei Tage später bekamen meine Eltern eine Vorladung von Frau Dieckens zu einem außerordentlichen Gespräch. Mein Vater war auf Dienstreise, und so musste meine Mutter dran glauben.

Am Montagmorgen, der einem unbehaglichen Wochenende folgte, saß Frau Dieckens mit düsterer Miene uns gegenüber. Vor ihr auf dem Tisch lag im roten Meer der Korrekturen mein Vokabel-Test. Mir wurde schwindelig. Engelhard wahrscheinlich auch, denn er krallte sich mit aller Kraft an meinem Nacken fest.

„Frau Bester", hauchte Frau Dieckens, schaute aber mich über ihr schwarzes Brillengestell an. „Ich mache mir über Peter große Sorgen."

„Ja, was hat Peter denn angestellt?", fragte meine Mutter. Ihre Hand, mit der sie das Blatt zu sich zog, zitterte.

„Peters Leistungen hatten sich teilweise gebessert, aber er ist hochgradig unkonzentriert. Ununterbrochen redet er während des Unterrichts und sogar während der Klassenarbeiten und stört damit die ganze Klasse."

Ich wollte etwas sagen, aber Frau Dieckens hob die Hand: „Später, Peter, unterbrich mich nicht, du musst das Zuhören lernen!"

Dann fing sie an, mir Müll auf den Kopf zu schmeißen, bis mir dieser schwirrte: „Du bist unkonzentriert, störst deine Mitschüler, hörst den Lehrern nicht zu!" Sie drehte sich wieder meiner Mutter zu und fuhr fort: „In der Klasse schaut er oft überall hin, nur nicht zur Tafel. Manchmal zuckt er so komisch, und während der Pausen steht er irgendwo in der Ecke und führt Selbstgespräche!"

Meiner Mutter wurde auf ihrem Stuhl immer kleiner und schaute Frau Dieckens erschrocken an.

„Frau Bester", fuhr die Bestie fort, „ich mache mir Sorgen. Peter war nie super konzentriert, aber jetzt ist es die Höhe. Ich schlage vor, Sie konsultieren einen Arzt."

„Aber warum?", fragte meine Mutter verzweifelt. „Seine Noten sind doch jetzt besser geworden. Ich verstehe nicht…"

„Frau Bester, könnte es sein, dass Peter Drogen nimmt? Wie ist sein häusliches Umfeld? Ist bei Ihnen zu Hause alles in Ordnung?"

Innerlich war meine Mutter ein Nervenbündel, aber jetzt richtete sie sich zu ihrer kleinen Größe auf und sagte entschieden: „Nein, Frau Dieckens, Peter nimmt keine Drogen und ja, Frau Dieckens, bei uns ist alles in bester Ordnung." Dann setzte sie sich mit geradem Rücken wieder hin.

„Peter?", wand sich die Brillenschlange wieder mir zu, „vielleicht kannst du uns das erklären."

Ich schluckte und zuckte mit den Schultern: „Keine Ahnung", sagte ich und biss mir auf die Zunge. Die Erklärung, die ich ihr hätte liefern können, würde mich direktamente ins Irrenhaus befördern.

„Dann bleibt nur eine Erklärung für dieses Verhalten."

„Ja?", fragte meine Mutter interessiert.

„Peter hat ADHS, und wir sollten überlegen, ob man ihn nicht medikamentös behandeln sollte. Glauben sie mir, das wäre das Beste."

„Wie bitte?", ich dachte, meine Mutter trifft der Schlag.

„Ja, er ist hyperaktiv."

Mich überraschte die Schlussforderung von Frau Dieckens wenig. Seitdem es Internet gab, surfte sie unermüdlich im Internet und verpasste jedem von uns eine passende Diagnose. Als sich Marcus Meyer in Ilse aus der Parallelklasse verknallte und nur dämlich vor sich hin grinste, auf keine Fragen antwortete und abwechselnd rot und weiß wurde, dichtete sie ihm Autismus an. Die Hälfte der Mädchen war ihrer Ansicht nach magersüchtig und die, die in der Schule schliefen, wurden den Kiffern zugeordnet. In meinem Fall lag sie eigentlich gar nicht so falsch. Nur, dass mein Schutzengel der Kranke war, konnte ich ihr schwer erklären. Meine Mutter machte das einzig Richtige. Sie nickte alles ab, und wir verabschiedeten uns von der Ärztin aus Leidenschaft.

Und so habe ich damit aufgehört, total unvorbereitet in die Schule zu gehen. Denn ich musste die Kontrolle über Engelhard und seine Informationen behalten. Ich dachte mir, wenn du schon einen Engel beschäftigst, musst du als sein Boss schon etwas Ahnung von der Materie besitzen. Damit es während des Unterrichts ruhiger zugeht. Also musste ich mich wohl oder übel schon ein wenig vorbereiten und meine Gehirnzellen anstrengen. Um einen gewissen Überblick zu haben, fing ich damit an, mir den Stoff vor der Arbeit etwas gründlicher reinzuziehen.

Wie er es spitzkriegte, weiß ich nicht, aber er war sofort dabei.

Wir saßen dann in meinem Zimmer. Er auf der Fensterbank, ich auf dem Boden, die Bücher um mich herum ausgebreitet und warfen uns gegenseitig die Fragen und Antworten zu. Wenn einer etwas nicht verstand, konnte es ihm der andere erklären und umgekehrt. Oder wir suchten gemeinsam in Internet nach Antworten. Das Internet war meine Stärke, hier konnte ich mich gut orientieren. Engelhard hingegen war jemand, der alles in Frage stellte und alles widerlegen konnte.

So zum Beispiel behauptete er, dass Gott alle Lebewesen erschuf, Ich war eher auf der Seite der Evolution.

„So einen Kinderkram von Gott und Wunder kannst du mir nicht einreden", wehrte ich ab. „Wie ist denn Gott auf die Welt gekommen? He?"

„Der Gott ist ein großer Gedanke, Er ist alles: Du, ich, die Luft, alles", antwortete Engelhard ungewöhnlich ruhig.

„Und wer hat diesen Gedanken bekommen? In welchem Kopf ist der Gedanke geboren?"

„Das kann ich dir nicht erklären, Peter. Das wirst du verstehen, wenn du tot bist", sagte Engelhard immer noch ruhig. „Wenn du von Evolution sprichst, dann muss auch etwas am Anfang gewesen sein, aus dem alles entstand. Dass ist das Gleiche."

„Noch nichts von schwarzen Löchern gehört? Oder vom Urknall? Oder gar von Bakterien, die wie Konfetti überall im Kosmos freigesetzt werden und die Grundlage des Lebens bilden?", fragte ich.

„Wovon sprichst du? Von Schwarzen Löchern in deinem Kopf?", fragte Engelhard und grinste mich provokativ an. „Wer hat hier den Knall, he?"

„Mit dir kann man nicht diskutieren, du Nerd", lachte ich zurück und schmiss ihm das Biologiebuch an den Kopf. Engelhard wich aus und das Buch flog aus dem Fenster. Fast hätte es einen alten Opa am Kopf erwischt, der mit seinem Hund auf der Straße spazieren ging, wenn Engelhard es nicht im Flug gefangen hätte.

Am nächsten Tag im Unterricht warf ich die Frage der schwarzen Löcher so in die Luft, und wir diskutierten die ganze Stunde darüber. Engelhard durfte den Mund halten, was ihm sehr schwer fiel, und seine Fingernägel mussten daran glauben.

Es war gar nicht mehr so übel in der Schule. Ich blieb ganz cool, wenn der Lehrer die korrigierte Arbeit austeilte. Ich freute mich sogar drauf. Engelhard und ich hatten es kaum gemerkt, dass wir während der Arbeiten nicht mehr panisch nach Antworten suchen mussten. Die Klassenarbeiten waren für uns ein Klacks. Ich ertappte mich dabei, dass ich im Unterricht interessiert zuhörte, denn ich verstand einiges und musste nicht wie ein Idiot dem Stoff hinterherhinken. Sogar Engelhard hörte zu, denn er hätte lieber einen Besen gefressen, als zuzugeben, dass ich mehr wusste als er.

Es war alles so harmonisch, dass es schon wieder langweilig wurde. So fingen wir an, in der Freizeit zu experimentieren. Schon als kleiner Junge träumte ich davon, ein Auto zu konstruieren, das keine Energie verbraucht. Oder wenigstens nur Strom oder Wasser, so wie ein Brennstoffzellenauto. Engelhard konnte zwar gratis herumfliegen, aber er fand es total out of fashion und hätte sich auch gerne erneuert. Wir machten Zeichnungen und sammelten Dinge, die wir gebrauchen konnten. Alte Batterien, Motoren von ferngelenkten Autos, Räder und so Zeug. Ein richtig guter Fang war ein alter Scheibenwischermotor. Das Ding hatte richtig Wumm.
Wir diskutierten Nachmittage lang, was wir denn so Geniales konstruieren könnten. Ich schaute mich auch im Internet um, aber dort gab es nur noch größere Spinner, als wir es waren. Die erste Entdeckung aber ließ nicht lange auf sich warten:

Mein Vater musste immer voll den letzten Schrei haben und kaufte sich von den Meilen, die er im ganzen Jahr hin und her gejettet war, einen neuen Rasenmäher. Den alten sollte sein Sklave, das war in diesem Falle ich, entsorgen.

Ich schaute Engelhard an, er mich, und wir verzogen uns gemeinsam in die Garage, wo der alte Rasenmäher brav neben meinem Kettcar ruhte. Es wurde daraus eine heiße Sache. Wir montierten den Rasenmähermotor auf das Fahrgestell des Kettcars. Dann schweißten wir ein Winkelgetriebe an den Motor und befestigten ein Ritzel daran. Das wiederum war mit einer Kette, die zu dem Kettenblatt an der Hinterachse führte, verbunden. Bremsen oder Schalten konnten wir nicht, Hauptsache, das Ding fuhr. Der Sitz musste der Übersetzung weichen, was zur Folge hatte, dass wir uns den Hintern auf dem Fahrgestell wund saßen. Leider konnte das Kettenblatt nicht richtig am Winkelgetriebe befestigt werden und brach immer wieder ab.

So bauten wir das Kettcar wieder zu seiner ursprünglichen Form zurück und entwickelten das so genannte Kettrad. Das war ein Zwitter zwischen einem Rad und einem Kettcar, wie der Name schon sagt. Es war total einfach. Hinten am Kettcar befestigten wir mit unzähligen Kabelbindern ein Fahrrad, dem wir vorher das Vorderrad abmontierten. So fuhren wir wie auf einem Tandem durch die Gegend. Hier wurde mein Berufswunsch geboren. Ich wollte Mechaniker werden.

An einem Wochenende, als ich meine Oma besuchte, entdeckten wir im Keller einen elektrischen Rollstuhl, der von meinem verstorbenen Opa stammte. Also quasi der Urtyp von einem Elektroauto. Das Gefährt hatte zwar keine Seiten- und Rückenlehne mehr, verfügte dafür über eine 12 Volt Autobatterie, zwei Motoren, die jeweils ein Hinterrad antrieben, damit man lenken konnte, einen Joystick und eine obergeile Hupe. Das Ding fuhr nicht schnell, aber hatte richtig Power und konnte mühelos den Bordstein hinauffahren. Als wir die ganze Gegend mit dem Fahrzeug abklapperten, widmeten wir uns der Theorie und studierten gründlich die Motoren. Die Aufgabe eines Schalters, der auf der Platine war, konnten wir uns aber nicht erklären.

„Wozu ist das Ding gut?", fragte ich Engelhard.

„Es hat etwas mit der Stromzufuhr zu tun", erklärte er und zeigte mit seinem dreckigen Finger auf die Verbindung, die zur Batterie führte.

„Vielleicht lädt sich die Batterie wieder auf, wenn wir den Schalter umlegen. Wenn der Stuhl fährt, verbraucht er Strom. Wenn er aber den Berg runterfährt und wir schalten den Schalter um, müsste sich logischerweise die Batterie wieder aufladen", schlussfolgerte ich.

„Genial", sagte Engelhart, „lass es uns probieren!"

Wir schauten uns bedeutungsvoll an, als würden wir gerade ein Spaceshuttle ins All schicken und legten die Schalter synchron um. Irgendwo im Hintergrund vernahm ich Fanfaren. Dann suchten wir uns einen geeigneten Berg, quetschten uns auf den Rollstuhlsitz und fuhren los.

Das Gefährt brummte vor sich hin wie ein Kätzchen. Uns war alles klar: Berg runter - Batterie lädt sich auf, Berg rauf - Batterie gibt Energie ab. Kein kostspieliges Aufladen, kein Energieverbrauch. Mechatroniker war eindeutig mein Traumberuf.

In der Mitte des Berges fing es hinter uns an zu kokeln. Es roch nach verbranntem Plastik, und wir mussten unsere Mission abbrechen. Leider war dann der Rollstuhl nicht mehr zu gebrauchen, denn die beiden

Motoren erlitten einen Kurzschluss. Das bedeutete: den Tod.

Unser letztes Experiment war der Versuch, einen Zeppelin zu konstruieren. Die erneuerbaren Energien hatten wir hinter uns gelassen und kehrten zurück zu den gängigen Rohstoffen.

Von Juri Mazurek bekam ich eine Flasche Ethanol, dafür, dass ich ihn in Biologie abschreiben ließ. Sein Vater besaß ferngesteuerte Benzinautos. Juri und ich waren früher mal mit ihm auf einer nach Benzin stinkenden Wiese und durften zugucken, wie die Erwachsenen die von uns heiß begehrten Modelle hin und her jagten.

Ein Zeppelin war also heute an der Reihe. Das Fliegen war zwar nur für mich faszinierend, aber Engelhard machte aus Neugierde mit. Wir rollten also eine Alufolie zu zwei Streifen zusammen, kreuzten sie übereinander und befestigten die vier Enden an einer Plastiktüte. Auf das Kreuz stellten wir ein leeres Teelicht gefüllt mit dem eben erwähnten Ethanol. Dann zündeten wir das Zeugs an, die Tüte füllte sich mit heißer Luft und flog zügig nach oben. In etwa zwanzig Metern Höhe wurde sie vom Wind erfasst und flog leise und elegant davon. In diesem Moment stürzte meine Mutter, die das Experiment aus dem Küchenfenster interessiert verfolgte, aus der Tür hinaus und wedelte wie ein Lotse mit dem Geschirrtuch: „Kinder, was macht ihr denn? Holt das brennende Ding wieder zurück!"
„Warum?", fragte ich erstaunt, „das ist ein Zeppelin."

„Weil es auf einem Dach landen und es anzünden könnte. Darum!", rief jetzt meine Mutter laut. Tatsächlich! Unser Zeppelin verlor gerade an Geschwindigkeit und auch an Höhe.

Mir ging es in diesem Moment gar nicht mehr gut. Sie müssen wissen, wir wohnen im Norden und hier haben viele Häuser Reetdächer. So ein Dach brennt wie Zunder. Ich schaute verzweifelt Engelhart an, er mich. Dann legte er los. Wie eine Rakete sauste er an meinem Kopf vorbei und erwischte die mittlerweile brennende Tüte, kurz bevor sie sich auf dem Dach einnistete.

„Puff", schnaufte meine Mutter. „Das ist noch einmal gut gegangen."

Sie streifte mich mit einem strafenden Blick und verschwand wieder in der Küche.

Ich schaute ihr nach und dann zum Himmel. Engelhard war nicht zu sehen.

Ein komisches Gefühl breitete sich in meinem Bauch aus. Zuerst dachte ich, es war das schlechte Gewissen, dass ich wieder mal etwas angestellt hatte. Aber irgendwie war es das nicht. Etwas Anderes fühlte sich komisch an. Ich forschte in meinen Gedanken nach, ob es vielleicht noch etwas gab, was an meiner Leber nagte. Fand aber gar nichts. Doch dieses Gefühl kehrte immer wieder zu mir zurück wie ein Bumerang. Ich streifte durch den Garten, kam aber nicht drauf. So ging ich auf mein Zimmer, nahm meine Gitarre und spielte, wenn auch geistesabwesend. Nach einer Viertelstunde wusste ich, was mich so beunruhigte.

Als meine Mutter aus dem Haus kam, rief sie:

„Kinder, was macht ihr denn? Holt das brennende Ding wieder zurück!"

Sie rief Kinder, obwohl ich doch für sie alleine da sein musste. Was war passiert? Hatte Engelhard sich aus Eitelkeit wieder leibhaftig gezeigt? Oder, wie war das? Nur in Zeiten völliger Verzweiflung werden wir sichtbar? Im ersten Falle kriegt er da oben mächtig Stress. Aber warum sollte er sich vor meiner Mutter produzieren und Ärger riskieren? Der zweite Gedanke war schon eher richtig. Meine Mutter weinte in letzter Zeit viel zu oft und lief mit sorgenvollem Gesicht durch die Gegend. Da wäre es schon eher möglich gewesen, wenn sie, so wie ich, einen Engel gesehen hätte. Aber warum meinen Engel? Dass meine Mutter und ich einen gemeinsamen Schutzengel hätten, davon hatte Engelhard nichts gesagt. Ich hätte ihn gerne danach gefragt, aber er hatte sich in Luft aufgelöst.

Er ließ sich nicht blicken. Weil er etwas Verbotenes angestellt hatte und Angst vor einer Strafe hatte? Oder saß er bereits im himmlischen Knast? Ich konzentrierte mich ganz stark und dachte an schlimme Dinge, die mir Angst machten. Denn mit starken Gefühlen hatte ich ihn früher immer zu mir geholt. Ich sagte schon, er verspätete sich ständig oder vergaß wichtige Termine. Das brachte wiederum mich in den Zustand höchster Verzweiflung. Und gerade dieses Gefühl erreichte ihn überall und holte ihn zu mir zurück. In der letzten Zeit war es lange nicht mehr vorgekommen. Vielleicht war jetzt die Zeit gekommen, dass wir uns wieder trennten? Irgendwie traurig. Ich hatte mich an ihn gewöhnt. Er war so etwas wie ein Bruder. Wir hatten eine echt gute Zeit miteinander verbracht. Dass er wie ein echter Bruder äußerst nervig war, das gehörte für mich dazu.

Ich versuchte es noch einmal mit der Verzweiflungs-Methode, aber vergebens. Engelhard schien endgültig weg zu sein. Oder hatte ich mich mit der Mehrzahl verhört? Plötzlich war ich nicht mehr sicher. Ich musste meine Mutter fragen. Aber vorsichtig, denn die Frage: „Hast du meinen Schutzengel gerade im Garten gesehen?" könnte meine Mutter dazu bewegen, mich doch zum Arzt zu schleppen.

Sie war nicht mehr in der Küche, sondern saß im Wohnzimmer, ein Fotoalbum auf dem Schoß und schaute sich irgendwelche alten Kindergeburtstagsbilder an.

„Mama", sagte ich leise. Sie schreckte auf, als hätte ich sie mit der Pistole bedroht und klappte das Album mit einem Knall zu.

„Gott, hast du mich erschreckt!" Sie stand ruckartig auf und fing an, absichtslos die Bücher im Regal zu ordnen. „Was ist?"

„Es tut mir leid."

„Was denn?"

„Na, das mit dem Zeppelin."

„Mit dem Zeppelin?"

Wann fängt denn Alzheimer an? Fragte ich mich. Meine Mutter war gerade Fünfundvierzig geworden. Das konnte noch nicht sein. Aber sie wusste wirklich nicht mehr, wovon ich sprach.

„Ach so, du meinst die Feuergrüße, die du in die Luft geschickt hast?"

Na, geht doch. Und sie war mir nicht böse, das war beruhigend.

Normalerweise hätte ich mich erleichtert verdrückt, und die Sache wäre erledigt. Doch ich musste beim Thema bleiben:

„Ich habe es mir vorher nicht überlegt, sorry."

„Das ist schon in Ordnung, ich hätte besser aufpassen sollen. Letzte Zeit bin ich zerstreut und wenig für dich da, mein Fehler."

„Mama, zieh dir doch nicht alles immer an. Ich bin Fünfzehn, ich kann schon auf mich selbst aufpassen. Hör auf, mich wie einen Fünfjährigen zu behandeln."

„Aha, und wenn ich das nicht tue, dann brennt das Nachbarhaus ab, oder wie? Du musst dir dein Handeln vorher überlegen. Die Entschuldigung nachträglich nützt wenig."

Was wollte sie denn von mir hören? Dass sie besser auf mich aufpassen sollte? Diese verquere Diskussion machte mich wütend. Und wir kamen vom Thema ab.

„Wie soll ich denn als Erwachsener mit Voraussicht handeln, wenn du mich wie ein Kind behandelst?", fragte ich noch einmal. Denn ich musste bei dem Wort Kind, respektive Kinder bleiben.

„Wie soll ich dich wie einen Erwachsenen behandeln, wenn du dich wie ein Kind benimmst?"

Sie machte mich wahnsinnig.

„Weil ich kein Kind mehr bin, sondern zwei!", rief ich wütend.

„Zwei was?"

„Kinder! Zwei Kinder, verstehst du? Du hast gesagt Kinder! K i n d e r!" Ich schrie jetzt wie am Spies.

„Kinder?", wiederholte sie verwundert. „Habe ich Kinder gesagt?"

„Ja, du hast Kinder gesagt."

„Wie bitte?"

„Na vorher im Garten, als wir, als ich den Zeppelin steigen ließ!" Verdammt, jetzt habe ich mich verquasselt.

"Na und?", sagte sie trotzig und zuckte mit den Schultern.

„Warum sagtest du Kinder, wenn ich alleine da war?"

„Hab ich das? Kann sein." Sie schaute durch mich durch.

„Ich war alleine im Garten und du sagtest Kinder. Das ist doch komisch oder?"

Und jetzt machte meine Mutter etwas, was ich nicht erwartet hatte. Sie kam auf mich zu, umarmte mich und legte ihren Kopf an meine Schulter. Nach einer Weile sagte sie: „Es tut mir leid, Peter."

Wir blieben lange so stehen. Ich fühlte mich komisch. Früher als ich klein war, wollte ich immer von meiner Mutter umarmt werden. Ich wollte ständig auf den Arm und konnte erst einschlafen, wenn sie mich vorher ordentlich geknuddelt hatte. Aber jetzt war ich größer als sie, irgendwie war es eine verkehrte Welt. Sie atmete ganz still gegen meinen Hals, und ich traute mich nicht zu fragen, was ihr so leidtat.

6.

Engelhard ließ sich den ganzen Abend nicht blicken. Ich verdrückte mich in Vaters Sessel und sah mit meiner Mutter fern. Es lief irgendein bescheuerter Film. Meine Mutter machte uns Brote, und wir aßen vor der Glotze; ein absolutes Tabu in unserer Familie. Dass wir überhaupt einen Fernseher hatten, war meiner Schwester zu verdanken. Sie hatte meinen Vater so ziemlich in der Hand. So wie den Rest der Familie. Aber für diese Aktion war ich ihr dankbar. Wir machten uns also einen schönen Abend. Ich vergaß fast, dass Engelhard nicht da war. In der Nacht wachte ich dann aber bei jedem kleinen Geräusch auf und hoffte, ihn auf meinem Fenstersims vorzufinden. War aber nichts. Am Morgen auch nicht und in den folgenden Tagen immer noch nicht. Ich befand mich dadurch permanent im Zustand höchster Verzweiflung, doch Engelhard erschien nicht. Die Tage waren öde und einsam. Nicht einmal unser Sieg beim Freundschaftsspiel gegen die Gesamtschule Lessingstraße gab mir einen Kick Richtung guter Laune.

Langsam beschlich mich der grauenhafte Gedanke, dass Engelhard etwas passiert sein könnte. Das war aber total unmöglich, denn Engel können ja wohl nicht sterben. Oder er hatte eine ganze Woche Himmelsarrest bekommen. Aber als er nach einer Woche immer noch nicht zurückkam, fiel mir keine denkbare Erklärung ein. Meine letzte Chance, zu erkennen, ob es ihn noch gab, war, mich in Gefahr zu bringen. In echte Gefahr, in eine Situation, die mein Leben bedrohte.

Ich ließ meiner Fantasie freien Lauf und kam auf unendlich viele Gelegenheiten, die mir tagsüber begegneten und mein Leben bedrohten. Ich konnte mich zum Beispiel von einem Hochhaus in die Tiefe stürzen, oder mich vor ein Auto werfen, oder den Rest des Ethanols, das wir noch von unserem Experiment übrighatten, hinunterschlucken. Oder ich konnte Marius Hübchen Nina ausspannen und auf seine Rache hoffen. Es war beeindruckend zu sehen, wie viele Gefahren täglich auf einen lauerten. Ein Schutzengel zu sein, musste ein stressiger Job sein. Hut ab, Engelhard, dachte ich.

Allerdings hatte diese Idee, meinen Engel aus der Reserve zu locken, einen Haken. Was wäre, wenn er faktisch nicht mehr vorhanden war? Dann könnte mein freiwilliger Unfallversuch scheitern und ich dann echt im Himmel landen. Ich würde ihn dort dann zwar wieder treffen, aber wollte ich wirklich sterben? Ich war doch nicht verknallt in dieses Federvieh. Wenn ich wiederum eine Gefahr wählte, die für mich nicht so arg gefährlich war, dann würde mein Schutzengel sehr wahrscheinlich nicht eingreifen. Auf einen Beinbruch oder eine dicke Beule hatte ich, wenn ich ehrlich war, auch keine Lust. Komisch, dachte ich, es ist verdammt schwierig, das eigene Leben aufs Spiel zu setzen. Ich kam mir wehleidig und feige vor. Bisher lebte ich immer nach der Prämisse, alles im Leben auszuprobieren, ohne Rücksicht auf Verluste. Ich ließ mich auf ziemlich jeden Unsinn ein.

Denn ich war überzeugt, dass man keine erdenkliche Lebenserfahrung an sich vorbeiziehen lassen sollte. Ich dachte mir immer: sollte es wirklich böse enden, dann verzichte ich freiwillig auf mein Leben. Lieber kurz und heftig, als lang und langweilig. Jetzt aber stand ich vor einer schweren Prüfung und merkte, dass ich ein echter Hosenscheißer war.

Aber ich musste nicht lange warten, bis mein Leben eine Wendung nahm, die ich mir alleine nicht erträumt hätte. Wie ein Meteor schlug das Schicksal bei mir ein und legte meine Urteilskraft lahm. Ich vergaß meine esoterischen Spinnereien und musste überlegen, wie ich den Schlag in meine Magengegend überleben konnte.

7.

Es war das lange Pfingstwochenende, das weiß ich noch genau. Meine Mutter war bei einem Kongress in München und besuchte danach eine Schulfreundin, die in der Nähe lebte. Mein Vater war seit einer Woche in den Staaten. Ich wurde dazu verdonnert, meine wertvolle Freizeit bei meiner Schwester Lisa in Lübeck zu vergeuden. Ich wäre liebend gerne alleine zu Hause geblieben, hätte ein paar Leute eingeladen und meine Freiheit ausgekostet. Aber gerade aus diesem Grund musste ich in der Obhut meiner Schwester bleiben, weil meine Eltern wilde Partys in unserem leeren Haus vermuteten. Sie stellten sich immer so an, als wäre ich gerade fünf Jahre alt. Ich versicherte ihnen, ich hätte alles voll in Griff. Meinen Vater hatte ich fast so weit, doch meine Mutter ließ sich nicht erweichen. Sie hatte einen ihrer starken Tage, und meinte, sie freue sich auf das Wochenende, das sie sich nicht durch Katastrophenanrufe verderben lassen wollte.

Aber das Wochenende bei meiner Schwester entpuppte sich als nicht so schlimm. Lisa wohnte in einer WG in einem heruntergekommenen Haus am Rande von Lübeck. Die oberen Zimmer bewohnten zwei Studentinnen und die unteren Lisa und ihr Freund Lucas. Ich schlief oben, denn die beiden Bewohnerinnen waren über Pfingsten nach Hause gereist.

Ich musste zugeben, dass sich Lisa mächtig anstrengte, um mir den Aufenthalt bei ihr angenehm zu machen. Wir waren im Kino und im Horst Janssen Museum, das wie ein großer weißer Dampfer aussah. Diesen Besuch hätte sie sich aber schenken können. Ich bin kein Freund von Museen. Sie sind ungefähr so aufregend wie das Ausräumen einer Spülmaschine. Aber ich hielt durch und verweilte vor jedem Bild exakt zehn Sekunden. Das hielt ich für angemessen. Ab und an machte ich einige Schritte nach links oder nach rechts und betrachtete die Werke aus verschiedenen Perspektiven, um Interesse vorzutäuschen. Oder ich näherte mich mit gekräuselter Stirn der Tafel neben dem Bild und studierte die geschraubten Bemerkungen zu dem jeweiligen Bild. Das Einzige, was mich halbwegs interessierte, waren die Bilder von Picasso. Das muss echt ein heißer Vogel gewesen sein. Seine Bilder waren so ein bisschen wie Kinderbilder mit breitem Pinsel gemalt und witzig.

Danach sind wir in eine Pizzeria in der Altstadt Essen gegangen. Was drastisch nervte, war, dass Lisa mich behandelte, als wäre ich ihr Sohn. Sie fummelte ständig an mir herum und fragte, ob es mir gefiel und so einen Unsinn. Ich nahm an, sie übte für die Zukunft. Sie wollte bald eigene Kinder.

Lucas dagegen war ein cooler Typ, nicht so hohl wie Lisas letzter Lover. Nach dem Essen schleppte er uns in einen Jazz-Keller, wo eine Rockband mit dem Namen Spices spielte. Die gingen voll ab. Sie spielten eine Mischung aus Rock und Jazz mit unheimlich flinken Fingern.

Zu Hause zeigte mir Lucas ein, zwei Akkorde, setzte sein Keyboard in Bewegung, und wir spielten zusammen.

Wahnsinn, was für geile Musik man mit ein paar einfachen Akkorden hinkriegen kann. Er meinte auch, ich spiele gar nicht so schlecht, und wenn ich so weitermache, werden mir die Mädels zu Füßen liegen. Ja klar, dachte ich, aber woher bekomme ich die? Die Püppchen aus meiner Klasse interessieren sich nur für Pferde und Klamotten. Wie stellte er sich das vor? Dass ich sie einlade und mich vor sie hinstelle und spiele? Unmöglich!

Engelhard ließ sich auch hier nicht blicken. Wahrscheinlich war Lübeck nicht sein Revier, oder er mochte meine Schwester nicht, was ich ihm nicht übelnehmen konnte. Oder er hatte wie gewohnt den Zug verpasst. Ich dachte, wenn das so ist, dann wartet er vielleicht am Bahnhof. Als ich aber aus dem Zug stieg, wartete hier keiner auf mich. Ich blieb auf dem Bahnsteig stehen und hielt angestrengt nach Engelhard Ausschau. Und da sah ich etwas, was mich völlig aus den Socken haute. Das werde ich wohl mein Leben lang nicht vergessen: Auf dem Gleis gegenüber sah ich meinen Vater. Neben ihm eine Frau jüngeren Datums im grauen Trenchcoat, aus den zwei dürren Beinen auf hohen Hacken ragten. Sie hielt ihn fest an den Schultern umklammert und überragte ihn um einen halben Kopf. Der rechte Arm meines Vaters lag um ihre Taille. Sie liefen so albern nebeneinander, als wären sie betrunken. Die Frau lachte, schüttelte den Kopf, warf ihre blonden Haare nach hinten und küsste dann meinen Vater auf die Schläfe. Der Zug fuhr ein und nahm mir die Sicht. Ohne zu überlegen, raste ich die

Treppe von meinem Gleis hinunter und zum nächsten Gleis wieder hoch.

Als ich außer Atem ankam, war die Frau gerade dabei, in den Zug zu steigen. Mein Vater blickte ihr hinterher und erinnerte an eine sabbernde Dogge. Nach einer Weile sah ich sie hinter einem der Fenster. Sie küsste ihre Handinnenfläche und legte sie lächelnd gegen die Scheibe. Mein Vater legte seine Hand dagegen. Mir wurde übel. In diesem Moment setzte sich der Zug langsam in Bewegung. Mein Vater hielt immer noch die Hand an der Scheibe und rannte neben den Zug her, bis dieser zu schnell für ihn war.

Ich stand da wie ein Pflock im Feld, unfähig zu einer Reaktion. Hätte mein Vater sich in diesem Moment umgedreht, wäre er mir direkt in die Arme gelaufen. Doch er entschied sich für den vorderen Ausgang und verschwand aus meinem Blickfeld.

Ich zitterte vor plötzlicher Übelkeit, ich war wütend und gleichzeitig so hilflos, dass ich einen kurzen Moment überlegte, mich unter den Zug zu werfen. Dann aber, ich weiß nicht, wer es mir einflüsterte, was mich dazu bewogen hatte oder ob mich jemand geschubst, oder besser gesagt, gehoben hatte, sprang ich in die letzte, zufällig noch offene Tür des Zuges und klammerte mich am Geländer fest. Dieser Adrenalinschub pustete meine Übelkeit weg, weckte meine erstarrten Gehirnwindungen, und mein Hirn war wieder halbwegs fähig, synaptische Verbindungen herzustellen. Was wollte ich hier eigentlich? Die Olle, die sich traute, meinen Vater zu küssen, umbringen? Womit? Sie anspucken, anschreien, ihr drohen?

Ich wollte so viel. Aber nichts, nichts hätte gereicht, das, was ich gerade gesehen hatte, aus meinem Kopf auszuradieren. Dann fiel mir ein, dass ich mich vielleicht verguckt hatte. Dass es nur eine Kollegin war, die mein Vater zum Zug brachte.

Ich wusste von Menschen, die aus Eifersucht oder unter Schock halluzinierten: Dinge sahen und kombinierten, die es nicht gab. Aber das hier war eindeutig. Riesenkacke verdammte! Die Sache war unmissverständlich, leider.

Jetzt wurde auch klar, warum meine Mutter in letzter Zeit so oft weinte und mit meiner Schwester tuschelte. Sie wusste es, meine Schwester wusste es! Alle wussten es! Nur ich wusste es nicht.

Mit einem Ruck riss ich die Schiebetür auf, dass es krachte, schmiss mich gegen die Klotür und verschwand dahinter. Ich fixierte mein verkrampftes Gesicht im Spiegel und schrie. Ich schrie gegen das laute Rattern des Zuges an. Ich schrie und schrie, bis mir der Hals wehtat. Dann trat ich ein paar Mal gegen die Kloschüssel und schlug mit der Faust gegen die Tür. Das tat weh und beruhigte mich ein wenig.

Wenn ich schon in diesem Zug hockte, war es angemessen, die Gelegenheit zu ergreifen und etwas zu unternehmen. Aber was? Ich hatte keine Ahnung, wohin dieser Zug fuhr, nicht, wie ich zurückkomme, und ich besaß keine Fahrkarte. Das war mir in diesem Moment aber schnuppe.

Ich könnte mir wenigstens die Frau mit den Storchenbeinen anschauen, dachte ich. Also zog ich mir die Kapuze über den Kopf wie ein Rapper. Denn man konnte nicht wissen. Wäre denkbar, dass sie mich kannte, weil mein Alter mit unseren Fotos angegeben hatte.

Ich verließ das Klo und spähte durch den Gang. Kein Schaffner in Sicht. Ich wusste, dass sie an der Spitze des Zuges eingestiegen war. So wanderte ich zunächst zügig durch die Waggons. Es war ein Regionalzug, also einer der alten Sorte. Mit Zugabteilen, keinen Großraumwagen. Die Waggons wackelten, ratterten und ächzten vor Überanstrengung. Der Geruch nach Eisen und Bremsstaub stieg mir in die Nase. Ich wankte durch die Gänge wie ein Matrose auf hoher See. Die Schiebetüren der Abteile rumpelten in ihren Bahnen. Die speckigen Vorhänge schwangen mit ihnen im Takt. In jedem Abteil saßen so an die zwei, drei Reiselustige. Manche lasen, manche schliefen, die anderen kauten an ihren Broten. In der ersten Klasse sahen die Sitze aus, wie bei Urgroßoma im Wohnzimmer. Bis auf ein altes Ehepaar mit einem Hündchen, das aussah, als hätte man ihm die Schnauze ausgewrungen, saß hier niemand. Die sonst unentbehrlichen Geschäftsleute mit ihren Laptops waren in so einem schnöden Regionalzug nicht vertreten. Als ich mich den vorderen Wagen näherte, klopfte mein Herz leidlich heftig. Einmal musste ich für eine kurze Weile wieder auf dem Klo verschwinden, um den Schaffner an mir vorbei zu lassen.

Dann entdeckte ich sie. Sie saß am Fenster und las in einem Buch. Von ihrem Gesicht, das halb hinter den Haaren versteckt war, sah ich nur eine schmale Hakennase. Oh Gott, warum verknallt sich mein Alter in eine Hakennase? Überhaupt sah diese Frau so aus, als würde sie gleich zusammenklappen. Alles an ihr war lang und dünn. Ich versuchte sie mir in verschiedenen Situationen mit meinem Vater vorzustellen. Sehr wahrscheinlich war sie seine Arbeitskollegin. Oder eine frühere Bekannte? Vielleicht lief die Beziehung schon seit Jahren! Ich musste mehr über diese Frau herausfinden. Wenigstens wollte ich wissen, wo sie wohnt und ob sie auch verheiratet ist und ihren Mann betrügt.

An der nächsten Haltestelle, in einem kleinen Nest, stieg sie aus. Ich schlich unauffällig hinter ihr her. Sie durchquerte die Bahnhofshalle und steuerte auf einen Parkplatz zu. Das war natürlich der Untergang. Das Ungünstigste, was passieren konnte. Sie holte einen Schlüssel aus ihrer Manteltasche, stieg in eine alte grüne Ente und fuhr stotternd davon. Diese Art Konservendose fährt zwar nicht schnell, zu Fuß war ich ihr aber unterlegen.

Mir blieb nichts anderes übrig, als unverrichteter Dinge wieder zum Bahnhof zurück zu latschen. Der Zug zurück fuhr erst in einer halben Stunde. Diesmal holte ich mir eine Fahrkarte, denn ich hatte keine Lust, erwischt zu werden. Ich musste meine Gedanken sortieren. Es gab so vieles, was mir nicht klar war. Zum Beispiel wusste ich nicht, wie ich mich zu Hause benehmen sollte. Sollte ich meine Eltern zur Rede stellen?

Eins war klar: Von meinem Alten lasse ich mir gar nichts mehr sagen. Er kann mir ab sofort nichts mehr befehlen. Er und sein grottenschlechter Charakter. Aber was war mit meiner Mutter? Bleibt sie bis auf weiteres so verzweifelt? Oder lacht sie sich einen Latin Lover an? Muss ich dann noch Spanisch oder Italienisch lernen? Muss ich denn in der Zukunft am Tisch einen fremden Mann ertragen? Der mir dann auch noch Befehle erteilt? Eine Horrorvorstellung packte mich. Was ist, wenn sie einen Lehrer nach Hause
anschleppt oder einen Psychologen, der in meiner Seele lesen will? Auf einen Automechaniker konnte ich nicht hoffen. Dann eher auf einen Zahnarzt. Wie grauenvoll!
„He Peter, was sind das für rassistische Gedanken?",
sagte plötzlich eine Stimme neben meinem linken Ohr.
Ich fiel vor Schreck fast von der Bank.
„Mann, wo warst du die ganze Zeit? Warum lässt du mich mit diesem Drama alleine, häh?", schrie ich ihn an. Das war aber nur äußerlich. Innerlich hätte ich ihn am liebsten umarmt.
Engelhart saß, in einem weißen Nachthemd, aus dem seine mit blondem Flaum behaarten Beine und nackten Füße ragten, auf der Rückenlehne meiner Bank und fror sich die Seele aus dem Leib. (Haben Engel noch Seelen?) Der schiefe Heiligenschein wackelte im Rhythmus seiner

klappernden Zähne. War es eine Fügung, dass ich heute dauernd dürre Beine vorgesetzt bekam?

„Was treibst du dich an Bahnhöfen herum?", fragte er.

„Wo treibst du dich herum?", fragte ich im Gegenzug.

„Ich brauche dich und du verschwindest, ohne ein Wort zu sagen. Mein Vater amüsiert sich mit fremden Frauen, und du lässt mich im Stich! Vor einer Viertelstunde habe ich dich dringend gebraucht."

„Wofür?"

„Du hättest ein Auto verfolgen können. Wer von uns beiden kann denn fliegen, he?"

„Wäre nicht gegangen", brummte er seltsam leise.

„Wieso nicht? Was steht dir jetzt wieder im Weg?"

„Ich habe mir die Flügel verbrannt."

„Flügel abgefackelt? Wie schräg ist das denn?"

„Als ich den Zeppelin aus der Luft holte, fingen meine Flügel Feuer. Zum Glück konnte ich mich in eine Regenwolke retten und das Feuer löschen. Es war knapp, fast hätte ich beide Flügel verloren." Er drehte mir den Rücken zu, und ich sah zwei verschmorte Flügelreste aus seinem Nachthemd ragen.

„Und jetzt?", fragte ich ratlos.

„Jetzt muss ich warten, bis sie wieder nachwachsen. Das ist alles."

„Und wie bist du denn hierhergekommen, wenn du nicht fliegen kannst?", fragte ich ungläubig.

„Ich bin gefallen."

„Ein gefallener Engel! Das ist zum Piepen!"

„Lach nicht! Ich lag im Krankenhaus. Deshalb habe ich mich so lange nicht blicken lassen. Aber als ich sah, was bei dir los ist, musste ich zu dir. Ist doch klar." Er gab mir seine eiskalte Hand und ich drückte zu.

„Das ehrt dich Kumpel. Danke", sagte ich, zog meine Jacke aus und legte sie ihm um die Schultern. „Hier. Du frierst ja erbärmlich."

Da kam schon der Zug, und wir stiegen ein. Wir fanden ein leeres Abteil und beratschlagten den ganzen Weg durch, wie wir mit dieser Situation umgehen sollten.

„Eins ist klar. Wir müssen herausfinden, wer diese Frau ist und in welcher Beziehung sie zu deinem Vater steht", sagte Engelhard, als wäre er der Chief Inspektor von Scotland Yard persönlich.

„In welcher Beziehung? Du Fritte! In welcher Beziehung stehst du zu jemanden, der dich andauernd abknutscht?" Was dachte sich der Bursche dabei? Dass dies das normale Abschiedszeremoniell zwischen uns Sterblichen sei?

„Ich will wissen, wo sie wohnt und wer sie ist. Erst dann kann ich genau herausfinden, wo und wann sie sich mit meinem Vater trifft."

„Oder ich verfolge deinen Vater, das wäre doch viel einfacher", schlug Engelhard vor.

„Ausgeschlossen! Du vermasselst immer alles. Ich lasse dich nicht alleine. Nein, wir bleiben zusammen. Ich hab schon eine Idee, wie wir sie auch ohne deine Flügel verfolgen können."

8.

Als ich nach Hause kam, war mein Vater bereits da. Meine Mutter sollte erst spät abends zurückkommen. Aus der Küche roch es nach Gebratenem, der CD-Player spielte Bob Marley, und auf dem Esstisch stand eine Vase mit frischen Blumen.

„Hallo", sagte ich und schaute in die Küche hinein. Mein Vater stand mit einem Geschirrtuch als Schürze und einem Pfannenheber bewaffnet am Herd und briet etwas in der Pfanne. Er drehte sich um und lächelte mich an.

„Heute kocht der Dreisternekoch, deck den Tisch Küchengehilfe!" Wenn es noch keiner bemerkt hatte, das sollte ein Witz sein. Vaters Humor war zum Schreien komisch.

„Ich will nichts essen, hab keinen Hunger", sagte ich und knallte die Tür zu. Ich ging in mein Zimmer, wo schon Engelhard in meinem Schrank wühlte und meine Klamotten anprobierte.

„Hände weg von meiner besten Jeans!", blubberte ich ihn an und zog eine alte Hose und ein T-Shirt aus dem Regal.

„Hier, das könnte passen", sagte ich und warf ihm die Klamotten zu.

„Mensch, bleib locker und schrei mich nicht an. Ich hab dir nichts getan", zischte Engelhard giftig zurück.

Es tat mir leid, dass er meine Wut abbekam, aber im Moment war ich nicht einmal zu einer Entschuldigung fähig.

Dann klopfte es an der Tür, und mein Vater schaute hinein. Ich erschrak, denn ich konnte mich nicht daran gewöhnen, dass Engelhard für die anderen unsichtbar war.

„Wolltest du noch weg?", fragte mein Vater und betrachtete die am Boden liegenden Kleider.

„Nein, nein, ich habe nur eine Hose gesucht", sagte ich.

„Komm essen Peter. Lammkoteletts, Bohnen, Salat und Baguette. Das schmeckt auch, wenn man keinen Hunger hat."

Soll er an seinen Koteletts ersticken, dachte ich. Aber mein Hunger war anderer Meinung. Wie schwach ist der menschliche Wille, wenn der Magen leer ist! Na ja, versuchte ich meinen Stolz zu überreden, warum sollte ich mir selbst schaden und mich quälen? Ich kann genauso gut mitessen und mich dann wieder verdrücken.

Aber ich blieb den ganzen Abend bei ihm, bis er davonfuhr, um meine Mutter vom Bahnhof abzuholen. Ich half beim Abwasch, danach spielten wir Karten.

Es war eigenartig. Eigentlich war ich auf meinen Vater stinkesauer, ich wollte ihn ignorieren, nur freche Antworten liefern. Aber es gelang mir nicht. Ich hatte eher das Verlangen, ihn zu umarmen, ihn festzuhalten, seine Anwesenheit sicher zu stellen. Ich hatte einen Kloß im Hals, als müsste er bald sterben, als würde er bald nicht mehr da sein. Ein Teil von mir wollte ihn zur Rede stellen aber der andere hatte Angst vor der Wahrheit.

„Es war ein netter Abend, Peter", sagte mein Vater zu mir, als er den Autoschlüssel von der Kommode holte.

„Hm", sagte ich etwas gequält und ging ins Bad Zähne putzen.

9.

Engelhard und ich lungerten jeden Tag um die gleiche Zeit am Bahnhof herum. Aber von der Langbeinigen keine Spur.

„Mir reicht es", sagte ich, als wir am fünften Tag keinen Schritt vorankamen und uns die teure Bahnhof-Cola teilten. „Morgen habe ich wegen der Lehrerkonferenz um Zehn Schluss. Wir machen einen Ausflug."

Engelhard war sofort dabei, obwohl er nicht ahnen konnte, was mir vorschwebte.

In unserer Garage stand vereinsamt ein etwas ramponierter, aber noch funktionsfähiger Roller. Eine irre Einspritzmaschine, die sich mein Vater vor zwei Jahren zugelegt hatte. Er hoffte, damit seine Jugend wieder erwecken zu können. Nachdem er aber einige Ausflüge, die mit durchnässten Klamotten und Rückenschmerzen endeten, absolviert hatte, ließ er die Maschine in der Garage verrotten. Ich hoffte, das Juwel irgendwann zu erben. Doch fehlten mir dafür zwei wichtige Voraussetzungen: Das Alter und das Geld für die Fahrprüfung. Allerdings, die Maschine zu fahren, war kinderleicht.

Es war ein schöner Sommertag, als wir Richtung Westen starteten. Engelhard war besser als ein Navi. Er kannte sich super gut aus. Das kam davon, dass er alles von oben kannte, die Himmelsrichtungen beherrschte und eine göttliche Orientierung besaß.

Wir düsten an Rapsfeldern und grünen Wiesen vorbei, durch kleine Dörfer mit Hutzelhäuschen inmitten blühender Gärten und überquerten mehrere Bahnübergänge. Der Wind streichelte meine Arme, die

Natur brauste an mir vorbei und ich dachte daran, wie wunderschön das Leben sein kann, wenn man motorisiert ist.

Der Bahnhof befand sich am Ortsrand. Von hier aus gingen zwei Straßen ab. Ein direkter Weg ins Zentrum und eine Ringstraße, die die Stadt umkreiste.

Ich nahm die Ringstraße Richtung Westen. Hier war mir vor einer Woche die Ente davongefahren.

Heute glaube ich, es war eines der Wunder, das Engelhard für mich bereithielt. Aber damals rechnete ich den Umstand, dass wir das Haus so schnell fanden, meinen kriminalistischen Fähigkeiten zu.

Nach etwa zwei Kilometern zeigte ein Wegweiser in Richtung Atelier Sandra Key. Ich bog auf den Hubbelweg ab, der durch den Wald führte und nach einer Weile bei einem alten Fabrikgebäude aus roten Backsteinen endete. Das Gebäude bestand aus zwei Flügeln, die eine L-Form bildeten. Fenster hoch wie Türen, Türen breit wie Tore. Der Haupttrakt schien bewohnt, denn hinter den Fabrikfenstern hingen dunkelrote und lila Vorhänge. Der kürzere Teil des L's hatte die gleichen hohen Fenster, ein grünes Tor und ein halbverglastes Dach. Es sah stark danach aus, dass hier Künstler am Werk waren. Draußen im Hof stapelten sich verrostete Stahlreste, Räder, ein alter Amboss, eine Blechbadewanne und sonstiges Gerümpel. Durch die Fenster, die auf dieser Seite fast eine Glaswand bildeten, konnten wir übergroße Konstruktionen, offensichtlich alle aus diesem Müll geschmiedet, sehen. Einige davon waren bunt angestrichen.

Vor dem länglichen Wohngebäude waren große Tontöpfe mit mannshohen Pflanzen zu einem Quadrat angeordnet. In der Mitte des Quadrats war ein alter Gartentisch mit Stühlen.

Dicht neben dem Atelier stand eine kleine Holzhütte mit rotem Dach und grünen Wänden, davor mehrere kleine runde Tische und Stühle in den wildesten Farben, die allerdings schon recht verwittert wirkten. Über der Tür, die halb offen war, hing eine Tafel mit der Aufschrift: *Die Olle Stube*. Auf einer Tafel neben der Tür waren mit einer verschnörkelten Schrift Getränke mit Preisen aufgezählt.

Keiner schien sich daran zu stören, dass wir hier herumschlichen. Alles war offen, aber kein Mensch weit und breit. So trauten wir uns weiter vor und schlichen zu der Rückseite des Hauses. Hier, direkt hinter dem Atelier, war ein Hühnerstall. Kackende Hühner und ein aufgeblasener Hahn stapften in der aufgeweichten Erde auf der Suche nach Körnern. Eine Katze sonnte sich auf der Fensterbank und beobachtete lüstern die sorglosen Hühner. Hinter dem Hühnerstall befand sich der Gemüsegarten. An dem roten Klinker des Hauses wand sich wilder Wein bis zum Dach hoch. An den Garten grenzte eine Blumenwiese und dann kamen nur noch Felder.

Hier hat der liebe Gott das Paradies abgeguckt, dachte ich mir.
Als wir die grüne Ente in einem Schuppen auf der anderen Seite des Hauses fanden, waren wir wenig überrascht. Denn derjenige, der hier wohnte, musste eine grüne Ente fahren, das war klar.

„Wollen wir in der Ollen Bude, oder wie die Kneipe heißt, etwas trinken?", schlug Engelhard vor.

„Stube", korrigierte ich ihn. Ich wollte fast schon zustimmen, als mir einfiel, dass nicht wir, sondern nur ich alleine die Villa Kunterbunt betreten sollte.

„Kein Interesse", meinte ich, obwohl ich auch schon fast am Austrocknen war.

Aber Engelhard war bereits auf dem Weg dahin.

„Warte! Warte!", rief ich, rannte hinter ihm her und hielt ihn an den abgefackelten Flügeln fest: „Ich hab keine Lust, dort alleine zu sitzen. Kannst du dich nicht für eine Weile materialisieren? Nur für einen kurzen Moment."

„Oh stopp! Geht nicht! Du weißt, was mir blüht. Auf keinen Fall."

„Wir trinken nur etwas und verschwinden gleich wieder. Das heißt, du verschwindest. Auf dem Weg zurück kannst du wieder chillen."

Engelhard zwinkerte leicht mit seinen hellen Wimpern, verdrehte die Augen und sagte: „Na gut. Weil du es bist."

Das Fiese war, dass ich in dem Moment keinerlei Kontrolle darüber hatte, ob er jetzt für die Anderen sichtbar wurde oder nicht. Ich sah ihn ja immer! Das heißt, in der Zeit, in der ich ihn wahrnahm, sahen ihn die Anderen nicht. Das wusste ich. Nur das eine Mal, als er in der Skaterhalle vor den Jungs angegeben hatte, war er für sie sichtbar. Für mich machte es aber keinen Unterschied.

„Also was jetzt?", fragte ich verunsichert, „Bist du jetzt leibhaftig oder nicht?"

„Ja doch", ächzte er, und schwups war er in der Hütte verschwunden. Ich folgte ihm.

Drinnen war es etwas kühler. Ein paar Tische mit Stühlen, eine blau gestrichene Holztheke, dahinter Regale mit Gläsern und Tassen, eine Espresso-Maschine und ein Korb mit Früchten. Wieder keine Menschenseele. Doch aus dem Raum dahinter hörten wir Gerumpel und Fluchen.

So setzten wir uns an einen der kleinen bunten Tische, der gefährlich wackelte, und warteten. In der Pause zwischen zwei Flüchen hustete ich laut. Es wurde still.

Nach einer Weile schaute ein Kopf mit Rasta-Locken aus dem hinteren Raum und rief zu uns hinüber:

„Moment, bin gleich bei euch!" Dann verschwand er wieder.

Wir warteten die nächste Ewigkeit. Als mir das Warten zu blöd wurde und ich gerade aufstehen wollte, kam endlich ein Mädchen zu uns. Sie hatte Milchkaffee-Haut, Zottelhaare und einen goldenen Ring in der breiten Unterlippe. Etwas Undefinierbares Grüngelbes hing an ihrem knochigen langgliedrigen Körper, so etwas zwischen T-Shirt und Kleid, ihre braunen Füße steckten in Sandalen.

„Jaaa?", fragte sie gedehnt und gähnte.

„Hallo", sagte ich. Engelhard sagte gar nichts.

„Was kann ich euch bringen?", fragte das Mädchen etwas professioneller.

„Cola."

„Haben wir nicht."

„Na, dann Cola", schlug Engelhard vor.

„Haben wir auch nicht, sagt was Anderes."

„Ja dann, was habt Ihr denn?"

Das Mädchen drehte die Augen zweimal im Kreise herum und überlegte:

„Wasser, Bier, Wein."

Engelhard und ich schauten uns an.

„Dann Bier."

„Ausweise!" Sie streckte uns die Hand entgegen.

„Haben wir nicht. Sag du was Anderes."

Sie kratzte sich mit dem Mittelfinger am Kopf. Erst jetzt sah ich, dass ihr rechter Unterarm im Gips steckte.

„Wenn Ihr mir helft, Colakisten zu schleppen, dann hab ich auch Cola."

„Ja klar. Machen wir. Wo?" Engelhard sprang auf und grinste sie an.

„Kommt mit, ich zeig es euch", sagte sie und marschierte zum Hof. Wir hinterher.

Nachdem wir jetzt quasi offiziell den Hof überquert hatten, landeten wir wieder bei der Scheune, in der die grüne Ente stand. Das erinnerte mich wieder daran, in welcher Mission ich hier war, und ich beglückwünschte mich insgeheim für meine Fortschritte. Immerhin kamen wir bereits ins Gespräch mit jemand, der die Grüne-Ente-Besitzerin kannte.

„Übrigens, ich heiße Mutu", das braune Mädchen streckte mir die linke Hand entgegen.

Bevor ich überhaupt irgendwie reagieren konnte, sprang Engelhard vor mich und schüttelte die ausgestreckte Hand, als erhoffte er sich, dass von dem bunten Mädchen Früchte herunterfallen.

„Angelo", kreischte er eine gute Oktave höher.

Angelo? Was war das für eine Show?

Musste das sein? Engelhard hätte es auch getan.

„Peter", sagte ich über Engelhards Schulter und behielt meine Hände hinter dem Rücken.

Sie nickte mir zu, aber ihre Aufmerksamkeit gehörte Engelhard.

„Bist du Italiener? Du siehst eher nordisch aus mit deinen hellen Haaren."

„Stimmt, ich komm von oben. Aber meine Mutter war Italienerin."

„War?"

Engelhard, oh pardon, Angelo verschloss sein Gesicht und antwortete nicht. Was offenbarte, er möchte darüber nicht weiterreden. Ich wunderte mich, dass es von oben keine Blitze auf uns regnete, ob dieser unverschämten Lügen. Aber was wusste ich eigentlich über ihn? Es wäre möglich, dass er mal eine italienische Mutter hatte. Vielleicht hieß er sogar wirklich Angelo. Ich stellte mit Erstaunen fest, dass ich über meinen Schutzengel nichts wusste. Er ist meinen Fragen immer sehr geschickt ausgewichen. Ich nahm mir vor, ihn demnächst ordentlich auszufragen.

„Und du kommst bestimmt aus dem Süden", plapperte Angelo wieder drauf los.

„Nein, ich bin von hier. Ich bin hier geboren. Hier in diesem Haus."

„Wie geht das denn?"

„Das ist das Rätsel des Tages. Wenn ihr es bis Sonntag gelöst habt, dann..."

„Dann?"

„Dann werdet ihr sehen", lachte sie, ging in die Scheune, quetschte sich in die Ente, startete und fuhr das Auto rückwärts aus dem Schuppen heraus.

„Du fährst Auto?" Ich hätte sie so alt wie mich geschätzt.

„Na klar. Ich kann auch den Trecker da hinten fahren, und einen Roller bin ich auch schon gefahren."

„Wie alt bist du?"

„Fünfzehn."

„Und du darfst Autofahren und du arbeitest hier?"

„Das hier ist ein Privatgrundstück. Hier kann ich fahren, wie ich lustig bin. Und arbeiten tue ich nur in den Ferien oder manchmal nachmittags nach der Schule, wenn keiner hier ist."

„Aha. Und in welche Schule gehst du?", wollte ich wissen. Aber sie hörte mich nicht mehr. Sie war bereits hinten im Schuppen und rumpelte mit den Getränkekästen.

Wir schleppten uns die Arme lang. Zuerst die Cola, dann Fanta, Malzbier, Saft, Bionade und was weiß ich was noch. Nach der fünften Runde war ich nass geschwitzt.

Später saßen wir auf der Treppe vor der Ollen Stube und tranken lauwarme Cola.

„Was hat euch in diese Gegend verschlagen, doch nicht nur der Durst?" Mutu schaute uns schräg an, streckte ihre braunen Beine aus und wackelte mit den Zähen.

„Wir betreiben Nachforschungen", meinte Engelhard wichtigtuerisch.

Mir blieb das Herz stehen. Wenn er jetzt alles ausplappert, wird es peinlich. Der Sohn spioniert seinem Vater hinterher, blöder geht's nicht.

„Wir müssen ein Referat über Amphibien halten", log Engelhard seelenruhig weiter. „Wir haben gehört, dass sich in diesen Breitengraden ein Naturteich befindet. Dort sollte es von Fröschen nur so wimmeln."

„Also einen Naturteich gibt es hier. Der ist aber ein Stück weiter in diese Richtung." Mutu zeigte nach rechts, wo sich die Straße im Wald verlor.

Engelhard dozierte fröhlich weiter: „Hat ein Männchen noch kein Weibchen gefunden, versucht es eines durch Quaken anzulocken. Dieses Quaken kann sehr laut sein, denn jeder Frosch versucht lauter als der andere zu sein.

Quaken bedeutet aber nicht immer, um die Gunst eines Weibchens zu werben. Manchmal dient es dazu, das eigene Territorium gegen Rivalen zu verteidigen. Dies kann zu ausgiebigen Ringkämpfen, die bis zu mehreren Minuten dauern, führen. Dabei versuchen sie, sich gegenseitig unter Wasser zu drücken. Wenn ein Männchen versucht, ein anderes Männchen zu umklammern, stößt dieses ebenfalls einen Ruf aus, der auf den Irrtum aufmerksam machen soll."

„Warum denn das?", fragte Mutu.

„Weil Umklammern etwas anderes bedeutet", grinste Engelhard.

„Aha", meinte Mutu.

„Aha? Was aha?" Ich peilte es immer noch nicht.

Die beiden bekamen einen Lachkrampf: „Weil, weil sie nicht schwul sind", beömmelte sich Engelhard.

Ich wurde rot. Was für ein Idiot war ich.

„Ich kann euch den Teich zeigen, wenn ihr wollt." Mutu stand auf.

„Super!" Engelhard sprang wie ein Flummi auf und zog mich hoch. Was hatte er vor? Frösche beim Poppen beobachten?

„Wir müssen jetzt nach Hause." Ich war sauer und zischte Engelhard ins Ohr: „Ich muss den Roller rechtzeitig nach Hause bringen, bevor es jemand merkt. Lass uns abhauen."

Engelhard nickte: „OK wir gehen. vielleicht ein andermal. Und wenn du Hilfe brauchst", er zeigte auf Mutus Gipsarm, „helfen wir gerne."

„Wie seid ihr denn hierhergekommen, zu Fuß?"

„Das ist das Rätsel des Tages. Wenn du es bis Sonntag gelöst hast, dann wirst du sehen", lachte ich und fand mich ungeheuer schlagfertig.

„Gut, dann bis irgendwann", sagte Mutu, drehte sich um und verschwand in der Ollen Stube.

Als wir zum Roller gingen, drehte ich mich noch einmal um. Die grüne Ente war verschwunden.

Auf dem Weg nach Hause zog sich der Himmel zu, bald goss es in Strömen. Als wir nach einer Stunde ankamen, waren wir nass bis auf die Haut. Engelhard machte es sich mittlerweile zur Gewohnheit, meine Klamotten anzuziehen. So hatte ich ständig eine blonde Ausführung von mir vor Augen. Das verbesserte meine schlechte Laune auch nicht. Irgendwie war es ein blöder Nachmittag gewesen. Ich bin keinen Schritt weitergekommen. Statt nach der geheimnisvollen Freundin meines Vaters zu suchen, wurde ich dazu verdonnert, schwere Kisten zu schleppen und wurde dann auch noch dämlich ausgelacht. Von meinem Schutzengel. Wie fies ist das denn?

Die einzige Entdeckung, die ich gemacht hatte, war, dass Engelhard sich wie ein Einzeller benimmt, wenn sich ein Mädchen in der Nähe befindet. Dieses Gequatsche über Frösche und so einen Unsinn.

Eine kleine Entdeckung habe ich aber doch noch gemacht, dachte ich. Ich lernte zu unterscheiden, wann Engelhard nur für mich sichtbar war und wann er sich materialisierte. Also natürlich konnte ich es an der Reaktion von Mutu sehen. Sie antwortete auf seine Fragen. Und überhaupt, so wie sie ihn anschaute, gab es keinen Zweifel, dass sie ihn gesehen hatte. Da war ich eher für sie unsichtbar. Aber ich bemerkte noch etwas: Wenn Engelhard etwas trank, konnte ich die Flüssigkeit durch seinen durchsichtig schimmernden blassen Hals fließen sehen. So wie damals bei Mac'es. Aber heute nicht, heute war er undurchsichtig.

„Warum guckst du so verdrießlich, als hätte dein Onkel dich zur Welt gebracht?" Engelhard tänzelte in meiner Jogginghose und meinem besten T-Shirt vor dem Spiegel.

„Dieses affige Verfolgungsspiel bringt uns nicht weiter. Wir sollten es sein lassen. Mein Vater soll machen, was er will. Ich ziehe sowieso bald aus." Ich wusste nicht, warum ich so geladen war. Aber ich hätte am liebsten irgendetwas in Stücke gerissen. Vorzugsweise meinen aufgedrehten Schutzengel.

„Wie bist du denn drauf, Peter? Wir sind erfolgreich gewesen. Morgen fahren wir wieder hin. Irgendwann wird uns die Frau über den Weg laufen müssen."

„Und dann? Was machen wir dann? Soll ich ihr sagen: lassen Sie meinen Vater in Ruhe, Sie Luder?"

„Lass es doch drauf ankommen. Uns wird bestimmt etwas einfallen. Sei keine Memme! Wir haben damit angefangen und bringen es auch zu Ende."

Ich brummte nur und ließ die Entscheidung offen. Ich ahnte, dass Engelhard nicht wegen mir, sondern wegen Mutu wieder hinfahren wollte. Ehrlich gesagt hatte ich keine Lust, Engelhards Balztänzen zuzuschauen.

In den folgenden Tagen passierte eine wunderliche Verwandlung mit Engelhard. Er wurde unbegreiflich ruhig. Er brachte es fertig, ganze Stunden ohne sich zu rühren an einem Fleck zu verharren und auf einen Punkt zu starren. Je weiter ich den Ausflug zu der geheimnisvollen Fabrik und Mutu verschob, unter dem Vorwand: ich könne mir nicht so oft den Roller „ausleihen", desto öfter hatte ich das Gefühl, dass Engelhard mich verließ. Er verschwand und kam wieder, wie es ihm gefiel. Daran hatte ich mich schon gewöhnt. Aber seine Verträumtheit und sein Stillschweigen machten mich nervös.

Während ich an meinem Rechner saß und Age of Empire spielte, kritzelte er ununterbrochen in sein kleines Heft, das er dann in seiner Hosentasche verschwinden ließ. Eines Tages ächzte er so laut, dass die Blätter auf meinem Schreibtisch das Fliegen kriegten.
„Was ist? Bist du krank?"
„Wir müssen wieder hinfahren. Ich halte es sonst nicht aus!"
„Wohin?"
„Zu Mutu. Wir haben es versprochen."
„Wir haben überhaupt nichts versprochen."
„Ja aber es war so schön dort, so friedlich. Ich muss ihr unbedingt etwas geben."

„Was denn?"

„Ich habe für sie ein Gedicht geschrieben", verkündete Engelhard stolz, ohne dabei rot zu werden.

„Du bist total weichgespült, du Gimpel", lachte ich. „Lies vor!"

Und er las:

"When my hand touches your shadow,
When the flowers bloom on a meadow,
When you look deep in my eyes,
When the bird softly cries,
When your arms hold me tight,
When the sun sprinkles the light,
When your lips are kissing mine,
Then I fly upon a heavens line."

Ehrlich gesagt, wusste ich nicht, was ich dazu sagen sollte. Mein Engel wurde zum Dichter.

„Warum auf Englisch, warum schreibst du nicht auf Deutsch?"

„Weil es auf Englisch besser klingt und Mutulisch kann ich nicht."

„When your lips are kissing mine. Hast du sie denn schon geküsst, du Angeber?"

„Nein."

„Na siehst du. Und wie geht es, einen Schatten anfassen? Das ist doch hirnverbrannt!"

„Das ist Poesie. Das verstehst du nicht", sagte er traurig mit hängendem Kopf wie eine welke Primel.

„Na gut, morgen fahren wir hin. Aber nur das eine Mal."
Doch bei dem einen Mal ist es nicht geblieben.

10.

Am Wochenende kam mein Vater erst Samstagmorgen von einer angeblichen Dienstreise zurück. Es war wirklich höchste Zeit, ihm das Handwerk zu legen. Seit dem traumatischen Vorfall am Bahnhof schrieb ich penibel seine Abwesenheitszeiten auf. Er war oft in der Woche einige Tage verreist. An den Wochenenden war er aber meistens zu Hause. Nur wenn er nach Übersee reiste, blieb er über das Wochenende dort. Ich rief ihn jedes Mal zu unmöglichen Zeiten auf seinem Handy an, konnte leider nie feststellen, wo er in echt war. Das ist die so genannte Handyfalle: Man kann behaupten, man ist im Himmel, und dabei sitzt man zu Hause auf dem Klo oder so. Ich schrieb also alles auf. Aber es hätte alles und nichts bedeuten können. Er war viel weg wie immer. Nicht mehr und nicht weniger. Doch erst am Samstagmittag nach Hause zu kommen, war schon eindeutig heavy stuff.

„Heute fahren wir", steckte ich Engelhard, der wie eine Rakete aufsprang und meine Klamotten aus dem Schrank warf.

„Wie sehe ich aus?"

Engelhard fand ein rot kariertes Hemd, das ich von Tante Lisa zum Geburtstag bekommen und nie anhatte, und zog es an.

„Wie Bayerische Bettwäsche", bemerkte ich und suchte derweil nach einer Ausrede, die mich aus dem Haus entließ. Ich entschied mich für ein Fußball-Training und verließ mein Zimmer, um meine Mutter ins Bild zu setzen.

Als ich zurückkam, stand Engelhard als Zeuge Jehovas vor dem Spiegel: Schwarzer Anzug, Hochwasserhose, weißes Hemd, dünne Krawatte. Er scheitelte gerade sein helles Haar und klebte es mit Spucke seitlich auf seinen bescheuerten Schädel.

„Wie siehst du denn aus? Das ist mein alter Konfirmationsanzug. Was willst du damit? Du wirst sie doch nicht direkt heiraten!"

„Na ja, ich wollte etwas Nettes anziehen. Nicht so wie die anderen Spackos in Jogginghosen auf Halbmast, Käppi und Ghettoblaster antanzen."

Ich warf ihm mein neues G-Star Shirt und meine beste Jeans zu. „Mach, wir fahren jetzt."

Engelhard stand Schmiere, während ich den Roller aus der Garage schob. Erst nachdem wir um die Ecke waren, machte ich die Maschine an. In einer Dreiviertelstunde, also fast schneller als der Zug, kamen wir bei der roten Fabrik an.

In der Ollen Stube war keiner. Auch sonst war niemand zu sehen. Aus dem Atelier hörten wir scharfe Sägegeräusche und Hämmern.

„Da ist jemand. Komm wir fragen nach Mutu", Engelhard stupste mich in den Rücken, rührte sich aber selbst nicht von der Stelle. Und ich stand auch wie angeleimt, denn ich ahnte, was oder wer mich dort erwartete. Die Dirne des Königs. Ha, ha, ha. Ich fand mich sehr witzig.

„Geh du. Ich bin mir nicht sicher. Vielleicht kennt sie mich. Vater hat ihr bestimmt von mir erzählt. Sie wird mich kennen und dann?"

„Bilde dir nicht ein, dass sie sich, wenn sie zusammen sind, über dich unterhalten. Und wenn. Unser Grund hier zu sein sind die Frösche. Denke an unser Referat. Und wir kennen Mutu. Wir fragen nach ihr. Komm!"

Das breite Fabriktor ließ sich nur schwer zur Seite schieben, und wir kamen in einen kirchengroßen lichten Raum mit hohen Fenstern und gläsernem Dach und wurden von zwei bis drei Meter großen Figuren begrüßt, die an Avatar erinnerten. Schmale Schädel, riesige Glasaugen und lange aalförmige Glieder. Alles aus glänzendem Stahl. Auf einem Podest schraubte die Frau, die meinen Vater verführte, mit einem Akkuschrauber an einem der Riesen.

Wie sie da mit dem Arm nach oben stand und herunterschaute, erinnerte sie an die amerikanische Freiheitsstatue bei der Arbeit. Als sie mich sah, huschte ein Anflug von Verwunderung über ihr Gesicht. Doch dann lächelte sie, winkte uns zu sich und bat uns, das Eisenrohr festzuhalten, während sie den Schweißbrenner holte.
Erst als sie mit dem Schweißen fertig war, widmete sie uns ihre Aufmerksamkeit und fragte, wen oder was wir denn hier suchten.
„Wir haben uns hier mit Mutu verabredet. Wo steckt sie?", fragte Engelhard gerade heraus.
„Sie ist nicht hier. Sie ist mit den Anderen zum Markt gefahren und kommt erst so in zwei Stunden zurück."
„Aha", sagte Engelhard bedrückt. Zuerst sah es so aus, als würde er sich aus Enttäuschung unsichtbar machen,

aber er setzte sich auf das Podest und sagte bestimmt: „Dann warten wir eben auf sie."

Ich wusste nicht so recht, wie ich mich verhalten sollte, blieb mit meinem Helm unter dem Arm dastehen und schaute mich neugierig um. Die Kunstwerke schienen tatsächlich alle aus altem Schrott zusammengebaut. Sie waren groß, aber grazil, mit langen schmalen Gliedern und Wespentaillen. Manche waren poliert, andere farbig angestrichen. Einige hatten Haare aus Draht oder Drahtwolle, einige waren kahl. Die Kopfform erinnerte an alte ägyptische Götter.
„Wollt ihr mir helfen? Kann einer von euch löten?"
Natürlich konnte es keiner von uns beiden. Woher auch? Ich, der Gymnasium-Nerd und Engelhard der Wolkensegler.
„Macht nichts, ich zeig es euch."

Sie zeigte uns, wie es geht. Es war nicht so einfach, wie es schien, aber am Ende von zwei Stunden konnte ich schon einen kleinen Finger festlöten, ohne dass er abfiel.
Sie hieß Sandra Key, was ich mir schon dachte, als ich damals den Wegweiser mit der Aufschrift: *Atelier Sandra Key* das erste Mal gesehen hatte. Die ganze Zeit fragte ich mich, was diese Frau an sich hatte, dass mein Vater sich mit ihr traf, oder sogar mit ihr ins Bett ging. Das war nicht nur wahrscheinlich, eher totsicher. Sie war groß und dürr, so etwa um die Vierzig. Ein schmales Gesicht und eine Hakennase, die ich bereits im Zug bewundern konnte. Seltsam waren nur ihre Augen. Sie waren hell, fast durchsichtig und unproportional groß.

Sie war ganz anders als andere Frauen. Sie behandelte uns, als würde sie uns seit Ewigkeiten kennen. Sie plapperte nicht ohne Punkt und Komma, sie sagte fast nichts. Und gerade dieses Nichts machte sie geheimnisvoll.

Zu Hause hatte ich mir eine Rede vorbereitet. Ich wollte ihr moralisch untermauerte Vorwürfe servieren, ich wollte sie fertigmachen. Aber ich Feigling tat nichts dergleichen. Ich hielt den Mund, denn das Löten machte Spaß, und übrigens ergab sich keine passende Gelegenheit dazu. Ich kam zu dem Schluss, dass ich noch genügend Zeit dazu haben werde, wenn ich mehr über diese Frau und überhaupt über diese sonderbare Ecke der Welt erfahre.

Es war schon fast dunkel, als Mutu vom Markt zurückkam. Wir mussten schnell aufbrechen. Eberhart saß schon hinter mir auf dem Roller und stürzte fast herunter, als Mutu kam und über den ganzen Hof rief: „Angelo, Angelo, Peter! Na endlich, was machen die Frösche?"

Angelo wurde rot, drückte ihr das mittlerweile zerknüllte Blatt Papier mit dem Gedicht in die Hand und rannte zurück zum Roller.
„Fahr!", befahl er, und ich gab dem Roller die Sporen.
Später zu Hause war er selig, weil Mutu zweimal und an erster Stelle Angelo rief und erst dann Peter. Was bedeutete, dass sie sich in erster Linie über ihn gefreut und meinen Namen nur aus Mitleid hinterhergerufen

hatte. Ich ließ ihn auf dieser Wolke segeln, war mir doch egal.

11.

So kam es, dass wir fast jeden Samstag oder Sonntag in der Hofgemeinschaft verbrachten, statt beim Fußballspiel, Rugby oder Schwimmen, wie ich zu Hause wechselweise angab. Es schien auch keinen zu interessieren. Ein todsicheres Zeichen dafür, dass mein Vater sich mit Sandra traf, war, dass auch sie alle zwei drei Wochen am Wochenende nicht da war. Und zwar an dem gleichen wie mein Vater.

Vorher aber hatten wir die Ehre, alle Bewohner des Hofes kennen zu lernen: Im linken Teil des Wohntraktes wohnte Maggy und Heinrich-Leopold, ihr Sohn, der auch fünfzehn war.

Maggy webte Teppiche aus pflanzengefärbter Wolle, malte, töpferte und entwarf Schmuck. Sie kümmerte sich um den Gemüsegarten, die Hühner und die Schafe. Sie kleidete sich wie eine Zigeunerin, mit breiten farbigen Röcken und trug immer eine am Morgen frische, gegen Abend welke Blume in ihrem langen, krausen Haar. Sie lief barfuß herum, und wenn sie einem näherkam, roch sie nach Kräutern.

Heinrich-Leopold, ein Milchbubi in Streberstreifen, tat den ganzen Tag nichts anderes, als in seinen PC zu glotzen oder den Kopf in Bücher zu stecken. Er sprach mit keinem, weil er es vorzog, in seinem Zimmer zu hocken. Mutu meinte, er wäre hochintelligent, ein wandelndes Wikipedia, aber mit Menschen hätte er es

nicht so. Er hätte Angst vor ihnen. Er hätte eine autistische Ader
.

Als ihn eines Tages Maggy dazu drängte, mit seinem Laptop nach draußen zu gehen, damit er wenigstens etwas frische Luft abbekäme, setzte er sich nach langem Hin und Her nach draußen. Bald aber fing er zu flennen an, denn er konnte in der Sonne nichts auf dem Bildschirm sehen. Er baute sich also aus einem Pappkarton eine Art Blackbox, brachte diese nach draußen, legte den Laptop hinein und steckte seinen Kopf hinterher. Am Abend hatte er prompt einen Sonnenbrand im Genick.

Die Blackbox war allerdings das einzige, was Heinrich-Leopold je mit eigenen Händen fertiggebracht hatte. Er hatte nämlich zwei linke Hände und schaute immer woanders hin als beabsichtigt. Wenn er sich zum Beispiel die Schnürsenkel zubinden wollte, schien sich sein Kopf selbständig in die entgegen gesetzte Richtung zu drehen und die Augen etwas Entferntes zu fixieren. Sonnenklar, dass seine Hände dann nur Müll zustande brachten. Er konnte sich nicht einmal eine Scheibe Brot selbständig abschneiden. Das musste Maggy für ihn tun. Als wir ihn aber probeweise fragten, was denn ein Ottomotor ist, trug er uns einfach so die Funktionsweise vor:

„Der Ottomotor ist ein nach Nikolaus August Otto benannter Verbrennungsmotor, bei dem der Kraftstoff während des Ansaugvorganges in die angesaugte Luft eingebracht wird, was ein zündfähiges Gemisch im Zylinder ergibt. Im Gegensatz zum Dieselmotor zeichnet sich ein Ottomotor durch eine aktive Zündvorrichtung aus."

Ich war beeindruckt.

Beim Autofahren aber saß er nur hinten mit dem Kopf zwischen den Knien und zitterte vor Angst. Heinrich-Leopold hatte auch eine Schwäche für die Zahl 5. Er war am 05.05. geboren und hatte fünf Schlüssel an seinem Schlüsselbund, obwohl er nur zwei brauchte. Einen für die Haustür und den anderen für sein Fahrrad. Er schaufelte immer fünf Löffel Cornflakes in seinen Frühstücksteller. Er putzte sich fünf Mal am Tag die Zähne oder wischte fünf Mal seine Schuhe an der Fußmatte ab. Mutu behauptete, er würde gar absichtlich schlechte Arbeiten abgeben, damit er endlich eine Fünf bekäme. Aus diesem Grunde nannten wir Heinrich-Leopold ganz einfach HL-5.

Das ganze Zeugs von Gemüse über Wolle, Eier, Schmuck und Kunst wurde auf dem Markt verzockt, oder im Internet, was Heinrich-Leopolds Domäne war. Alle schienen ganz ordentlich davon leben zu können. Sie schmissen das Geld zusammen und teilten es dann brüderlich unter sich, egal ob jemand mehr oder weniger gearbeitet oder verkauft hatte.

„Wir sind hier alle gleich", erklärte uns Mutu.

Also doch Paradies, dachte ich.

Dann war da noch die Olle Stube, die Gerda, die sich Soraya nannte, betrieb. Gerda war keine echte Künstlerin, aber sie pinselte alles an, was ihr unter die Finger kam: Ihre Stube, die Möbel, den Zaun, die

Fenster... alles in den Farben der Zirkuswelt, wie sie es ausdrückte. Sie fuhr früher mit dem Zirkus mit, als Seiltänzerin, Jongleurin, Zauberer-Assistentin und sogar als Clown. Sie konnte himmlisch Trompete blasen und Quetschkommode spielen. Dazu sang sie mit rauchiger Stimme seltsame Lieder.

An den guten Tagen kamen höchstens fünf bis zehn Besucher in ihre Stube, aber sie verharrte die Tage und Abende geduldig hinter ihrer Theke. Auf einem Barhocker, mit einem Glas Rotwein vor sich, einer Zigarette in der Hand löste sie Kreuzworträtsel. Und zwar in allen erdenklichen Sprachen, denn davon konnte sie viele.

Gerda war steinalt, hatte aber noch die Bewegungen einer Tänzerin. Im Gesicht sah sie allerdings schon sehr mitgenommen aus. Etwas zwischen einem nassen Schwamm und einem Clown. Denn die Schminke wurde von Tag zu Tag verwegener.

Manchmal legte sie uns die Karten. Bei Engelhard kamen immer die gleichen vor: der Engel, der Zwilling und die Dame, die die Liebe bedeutete. Bei mir wiederum immer etwas anderes. Mal Glück, mal Pech, mal nahm es ein schlechtes, mal ein gutes Ende.

Das Beste aber waren Gerdas, also Sorayas Geschichten aus der Zirkuswelt. Sie erzählte von einem berühmten Artisten, der wie viele andere in den Zirkus geboren, im Zirkus aufgewachsen und sein Leben lang mit dem Zirkus unterwegs war und auftrat, bis seine Knochen ihm nicht mehr gehorchten. Er wurde also in ein Altersheim verpflanzt und bewohnte hier ein schönes Zimmer mit allem, was er brauchte. Aber er konnte sich hier nicht anpassen. Er war es nicht gewohnt, in einer Wohnung zu leben. Als dann neben dem Altersheim ein zweites Gebäude gebaut werden sollte und die Bauarbeiter eintrafen, schlich er sich jede Nacht aus seinem Zimmer und schlief in einem Bauwagen auf einem Zementsack neben den Schaufeln und anderen Baugeräten.

Soraya erzählte auch von dem Studenten, der sich während einer Vorstellung in Lyon in sie verliebt hatte, sein Studium hinter sich ließ und den Zirkus von Stadt zur Stadt verfolgte, nur um sie jeden Abend in der Manege zu sehen. Nach drei Monaten, als der Student vollkommen heruntergekommen war, konnte es der Zirkusdirektor nicht mehr mit ansehen und gab ihm Arbeit, damit er wenigstens was zu Essen und zum Schlafen hatte. Er musste die Elefantenkäfige reinigen. Der Student war glücklich, obwohl Soraya ihm stets die kalte Schulter zeigte, und machte seine Arbeit gut.

Eines Tages beobachtete der Direktor, wie der Elefant und nicht der Student mit einem Besen im Rüssel seinen Käfig sauber fegte. Und nicht nur das. Nach getaner Arbeit hängte der Elefant den Besen ordentlich an den Haken, holte sich einen Eimer Wasser und kippte es auf den Boden aus. Dann fegte er das Wasser weg und trompetete stolz. Der Student, der während der Arbeit seine Nase in einem Buch stecken hatte, stand auf, gab dem Elefanten eine Karotte als Belohnung, kehrte zu seinem Platz zurück und las weiter. Es wurde daraus eine berühmte Zirkusnummer. Der Student hieß Philippe Martin und trat dann als der Große Filippo mit dem besagten Elefanten auf.

Am Ende heiratete Philippe Soraya doch nicht, weil sie wiederum den muskulösen Entfesselungskünstler liebte. Aber er fand Gefallen an der Liliputaner-Frau Agnes, die Zuckerwatte verkaufte und die Nummer mit den weißen Zwergpudeln hatte. Sie bekamen zwölf Kinder, die dann zusammen als die weltberühmten Zwölf Salti Mortali auftraten.

Der coolste von ihnen aber war der Löwen-Dompteur Moreno Morell. Er hatte nur ein Auge und sein dunkelbraun gebräunter Oberkörper war übersät mit Narben von den Tigerzähnen und Pranken. Er hatte langes blondes lockiges Haar, trug kein Hemd, nur eine Lederweste, dazu eine Lederhose aus Löwenhaut. Manchmal, meinte Soraya, wenn sie hinter dem Vorhang der Löwennummer zugeschaut hatte, konnte sie in dem Scheinwerferlicht, das mit aufgewirbelten Sägespänen gesättigt war, den Dompteur nicht von den Löwen unterscheiden.

Diese Geschichten nahmen kein Ende, sie spielten in allen Ecken der Welt, und es schien, als wäre der Zirkus eine Welt für sich. Eine, in der es echten Zauber gab. Wir konnten stundenlang zuhören. Denn wir hatten es nicht besonders eilig und gammelten gerne in der Ollen Stube herum. Zu Gerdas Geschichten schlürften wir aus Calabash-Schalen kühles DjuDju-Bier. Es schmeckte nach Banane oder Mango und wurde früher von den Voodoo-Priestern als anregendes Getränk, das den Gästen von der DjuDju-Jungfrau gereicht wurde, gebraut. Dieses DjuDju-Bier führte hier Mutus Vater ein, als er noch ihr Vater war. Mutu wusste nicht genau, wo er sich jetzt aufhielt.

„Er musste wieder zurück nach Afrika, zu seinen anderen Frauen. Aber er kommt wieder, das hat er mir versprochen." verriet uns Mutu eines Tages. Sie wartete ungeduldig auf ihn. Um auf seine Rückkehr vorbereitet zu sein, kochte sie uns Afrikanische Gerichte, die wir dann mit den Händen verspeisen mussten.

Gerda flüsterte uns zu, er säße im Knast wegen Drogenhandels. Das dürfe Mutu aber nicht wissen.

„Twa Amane aba - Auf Ihr Wohl!", prosteten wir uns zu und hielten dicht wie Sekundenkleber.

Eines Abends, als Gerda mehr als genug Wein getrunken hatte, rutschte sie von ihrem Hocker herunter, wankte nach draußen und bat uns, ein Seil zwischen zwei Laternen zu spannen. Über eine Leiter kletterte sie hoch, was in ihrem Zustand ziemlich gefährlich aussah, spannte ihren verfranzten rosa Sonnenschirm auf und balancierte im Licht der Laterne wie eine leichte Feder über das Seil. Wir hielten den Atem an, aber Gerda schien auf dem Seil sicherer als sie je auf dem Boden gewesen war. Als sie gerade eine Drehung vollführte, kam der verpeilte HL-5 aus dem Haus gerannt und schrie

„Gerda, lass das! Komm herunter! Du fällst und brichst dir den Hals!" Er war ordentlich außer sich, bekam einen roten Kopf und rüttelte wie besessen an einer der Laternen, bis das Seil gefährlich zu wackeln anfing. Bevor wir den verstrahlten Idioten wegreißen konnten, verlor Gerda das Gleichgewicht und stürzte. Wäre dort nicht gerade ein großer Müllsack abgestellt, auf dem sie glücklich landete, hätte sich Gerda all ihre alten Knochen gebrochen.

„Siehst du, hab ich doch gesagt!", meinte HL-5 zufrieden und latschte zurück ins Haus.

Wir sammelten Gerda auf, und als wir sie ins Bett legten, schlief sie schon tief und fest mit einem Lächeln auf den Lippen.

Am nächsten Morgen saß sie wieder auf ihrem Hocker, als wäre die Sonne nie untergegangen:

„Die Kinder, die im Zirkus lebten, haben alle mitgearbeitet, sie gingen nicht in die Schule. Nur im Winter, wenn der Zirkus seine Winterpause hatte", erzählte Gerda versteckt hinter einem Vorhang aus Rauch und mit Wein gebremster Zunge.

Natürlich wollten wir ab sofort alle zum Zirkus und fingen damit an, mit den ollen Fahrrädern, die eigentlich für Sandras Kunstwerke bestimmt waren, artistische Kunststücke zu üben. Wir lernten Jonglieren und versuchten es auch mit Seillaufen. Der einzige aber, der es zu einer präsentablen Nummer hätte bringen können, wäre Engelhard gewesen, der sich dank seiner nachwachsenden Flügel ganz passabel am Trapez zeigen konnte. Das wiederum war am Rande der Legalität, denn wenn Mutu entdeckt hätte, dass ihr Angelo ein Engel war und fliegen konnte, dann wäre es mit unserer

Freundschaft aus gewesen. Oder sie hätte jedenfalls einen Riss bekommen. Und das wollten wir beide nicht. Ich musste meine Mission beenden und Engelhard Mutu für seine Liebe missionieren.

Mutu hatte das Gedicht nicht erwähnt, sie hatte es aber in ihrem Zimmer mit einem Magneten an der Pinwand festgemacht. Sie behandelte uns beide gleich, wie sehr gute Freunde. Sie freute sich, wenn wir da waren und machte jeden Unsinn mit. Es war aber schwer zu erkennen, ob sie für einen von uns mehr empfand. Nicht dass mich das interessiert hätte. Dann war ich mir plötzlich nicht mehr so sicher.

12.

Es war an einem schönen sonnigen Tag im Juni. Fest
entschlossen nahm ich mir vor, wieder etwas für die
Schule zu tun, als mein Handy brummte und auf dem
Display das SMS-Zeichen leuchtete. Die Nachricht war
von Mutu:

*ja hier mutu wegen wochenende und so wegen hier
dingens, ihr wisst schon party&djudju, hättet hier auch
eine pennmöglichkeit. also eigentlich na ja wollte mal
fragen, hab schon lange nichts von euch gehört,
vermisse euch, also ich und hl-5 wir beide vermissen es
mit euch zu chillen, außerdem wollte ich was fragen,
also bis heute abend freue mich XXL.*

„Mama, heute Abend bin ich bei Juri Mazurek, er macht
eine Party, ich kann dort auch übernachten." Ich musste
lügen, denn bei einem Mädchen hätte mich meine
Mutter nicht übernachten lassen.
„Trink nur nichts Alkoholisches, Peter und nimm einen
Schlafsack mit", ermahnte sie mich.
Vater war an diesem Wochenende nicht zu Hause. Ich
vermutete, dass Sandra auch nicht dort sein wird, sonst
hätte uns Mutu nicht zum Übernachten eingeladen. Ich
wunderte mich selbst, warum ich die Sache mit Sandra
und meinem Vater nicht längst auffliegen ließ. Aber ich
wusste, dann wäre unsere Zeit mit Mutu zu Ende
gewesen.

An diesem Abend saßen wir auf Mutus Hochbett,
tranken DjuDju-Bier und hörten Afrikanische
Trommelmusik. Wir schwiegen oder redeten davon,

dass wir bald eine WG gründen und ganz und gar frei sein würden.

Wir rauchten getrocknete Samen einer afrikanischen Pflanze, eine Entdeckung von HL-5 aus Maggies Garten. Er behauptete, dass sie das Bewusstsein erweiterten. Dank dieses Beitrages durfte er an unserer Runde teilnehmen.

Auf dem Hochbett war es sehr warm, und mein Bewusstsein wurde immer müder. Wahrscheinlich wirkten die Samen im Zusammenhang mit dem DjuDju-Bier gegensätzlich.

Mutu fummelte ständig an einem Zettel herum und wartete offensichtlich drauf, dass wir sie danach fragen.

„Was hast du da?", fragte ich also und lehnte mich an sie, um mitlesen zu können. Mutus Haut war warm und weich.

Sie faltete das Blatt auf und übergab mir einen Brief von ihrem Vater. Er schrieb in schlechtem Englisch, dass es ihm gut gehe und dass er an sie denke. Viel war es aber nicht.

„Was hat er hier in Deutschland gemacht", fragte ich, denn die Geschichte mit dem Knast wollte ich schon wegen Mutu nicht glauben.

„Er arbeitete als Koch in der Mensa der Kunsthochschule. Sandra, also meine Mutter, hatte ihn dort kennen gelernt. Als sie diese Fabrik gekauft hatte, kam er mit und half ihr bei dem Ausbau. Früher gab es hier wirklich gar nichts. Nur zwei Fabrikgebäude mit verrosteten Maschinen, kein Wasser, keine Heizung, rein gar nichts. Zulu, der aus Kenia stammte, war sehr stark und baute nach und nach alles aus. Meine Mutter brauchte ein großes Atelier. Als sie nämlich das

Eisengerümpel hier sah, wusste sie, dass sie damit arbeiten wollte. Die beiden waren mehr Freunde als ein Liebespaar. Aber sie hatten einen gemeinsamen Traum. Mit anderen zusammenleben, so unabhängig wie möglich und Kunst machen. Zulu war ein sehr guter Koch. Die Olle Stube war ursprünglich für ihn gedacht. Aber er hatte auch eine große Familie in Kenia, für die er sorgen musste. Als klar war, dass die Olle Stube keinen Gewinn abwerfen würde, wurde er immer unruhiger, war immer öfter weg und eines Tages war er ganz verschwunden. Zwei Monate später kam ich zur Welt."

„Du hast aber gesagt, dass sie nur Freunde waren."

„Ja, waren sie auch. Aber so ein bisschen doch nicht."

„Meine Mutter wartete, aber Zulu meldete sich nicht. Sie musste irgendwie überleben, und ausziehen wollte sie auf keinem Fall. Also nahm sie Maggy und HL-5 zu sich. Und die beiden, Sandra und Maggy, fingen mit biologischem Gemüseanbau, Schafzucht und Hühnerzucht an. Ab und zu verkaufen sie auch ihre Kunstwerke, und wir leben heute ganz gut davon."

„Und Gerda?"

„Gerda sammelten sie eines Tages von der Straße auf. Sie spielte auf der Quetschkommode in einer zügigen Unterführung und bettelte."

„Und deinen Vater hast du nie gesehen?" So etwas war für mich unvorstellbar.

„Nein. Aber er schreibt mir ab und zu einen Brief. Er kommt zurück, wenn er kann." Mutu schaute durch mich durch. Ihre Traurigkeit blieb bei mir wie in einem Sieb hängen, ihr Blick aber ging bis nach Afrika.

„Deine Mutter? Ist sie nicht sauer, dass er sie mit einem Kind so im Stich gelassen hat?"

„Nein, sie sind Freunde und Freundschaft funktioniert nach anderen Regeln."

„Welchen denn?"

„Sie ist mehr als Liebe. Sie dauert länger und sie ist selbstlos."

„Das hat deine Mutter gesagt?"

„Nein, das meine ich. Ich bin ein Kind der Freundschaft, nicht der Liebe."

„Aber Freundschaft heißt auch Vertrauen, sich gegenseitig helfen. Dein Vater aber verschwindet ohne ein Wort zu sagen und lässt deine Mutter im Stich."

„Meine Mutter ist selbständig genug, sie braucht keinen. Sie ist stark, sie würde sich nie abhängig machen. Zulus Familie lebt mittellos und schutzlos in Afrika. Die brauchen seine Hilfe. Freundschaft geht auch ohne Worte und Erklärungen."

„Wie definiert man eigentlich Freundschaft?", dachte ich laut nach.

„Freundschaft ist eine warme Decke im Winter und ein kühler See im Sommer", deklamierte Engelhard und schaute Mutu verliebt an.

Ich mochte solche gerührten Puddings nicht.

„Ich denke, ein Freund meint es gut mit dir. Er kann dir nicht wehtun, weil er wie du ist. Wenn er dich verletzt, verletzt er sich selbst. Ob das die Definition ist, weiß ich nicht, aber für mich fühlt sich Freundschaft so an", sagte ich.

„Freundschaft bezeichnet eine positive Beziehung und Empfindung zwischen Menschen, die sich als Sympathie und Vertrauen zwischen ihnen zeigt. Die in einer freundschaftlichen Beziehung zueinanderstehenden Menschen bezeichnet man als Freundin bzw. Freund. In einer Freundschaft schätzen und mögen die befreundeten Menschen einander. Freundschaft beruht auf Zuneigung, Vertrauen und gegenseitiger Wertschätzung. Eine Freundschaft wird ‚geschlossen', geht sie einem Ende zu, so ‚erkaltet' sie." schoss es plötzlich aus HL-5 heraus.

„Du sollst nicht Wikipedia nachplappern, sondern uns deine eigene Meinung zu Freundschaft mitteilen."

HL-5 dachte nach und sagte dann feierlich:

„Die richtige Freundschaft ist wie die Freundschaft unter Zahlen. Sie bleiben immer in einer Beziehung zueinander: Der 1 folgt die 2, der 2 die 3 usw. Es wird sich nie ändern."

Es war sinnlos, mit diesem Zombie zu diskutieren.

„Gott, was schluckst du, dass du so daneben redest?", fragte ich genervt.

„Medikined", gab HL-5 ehrlich zu.

„Wie bitte?"

„Ich bin früher oft ausgerastet. Aber jetzt nehme ich es seit langem nicht mehr. Ich füttere die Fische damit."

„Wie? Du fütterst deine Fische damit?"

„Ja, sie finden es großartig."

Wir gingen in sein Zimmer und schauten uns die Fische gemeinsam an. HL-5 öffnete die Hülle einer Tablette und streute sie ins Wasser. Nach fünf Minuten schossen die Fische aufgedreht von einer Seite des Aquariums zur anderen.

„Wenn das der Tierschutzverein spitzkriegt! Das ist Tierquälerei!", meinte ich zu dem bescheuerten HL-5.

„Und ich, ist es nicht Menschenquälerei, wenn ich sie nehmen muss?" Er hatte recht. Das war der erste sinnvolle Satz, den HL-5 bisher von sich gegeben hatte.

Ich dachte daran, Engelhard etwas von dem Zeugs einzuflößen. Doch in der letzten Zeit wirkte er sehr ruhig, ausgeglichen. Ausdauernd und fleißig himmelte er den Tag lang Mutu an.

„Kommt", sagte Mutu plötzlich, „lasst uns zum Wasser gehen. Es ist heiß!"

HL-5 schüttelte sich und zog den Schwanz ein. Er mochte kein Wasser. Engelhard und ich aber hatten Lust. Also machten wir uns auf den Weg zum See.

Mir ging die Definition von Freundschaft nicht aus dem Kopf. Wenn Freundschaft Zuneigung und Vertrauen war, was war dann die Liebe? Aber ich traute mich nicht mehr das Thema anzusprechen. Allerdings eine Frage hatte ich noch:

„Mutu", sagte ich so nebenbei. "Hat deine Mutter jetzt einen Freund? Ich meine einen Mann oder Partner oder wie nennt man es eigentlich?"

„Keine Ahnung. Sie trifft sich manchmal mit jemand. Ja."

„Und? Wer ist es, wie sieht er aus?"

„Weiß ich nicht. Er ist so ein mittelalterlicher Anzugsträger, kommt immer mit feinen Schuhen daher und verlässt uns mit dreckigen. Hier sollte man Gummistiefel tragen. Aber er ist immer piekfein."

„Und wie heißt er? Was für ein Auto fährt er?"

„Keine Ahnung, interessiert mich nicht. Irgendein großes schwarzes. Und wie er heißt? Frag mich nicht. Weiß ich nicht."

Ich nahm mir vor, zu Hause Vaters Schuhe genau zu inspizieren.

Die Sonne ging gerade unter und verwandelte die Wasseroberfläche in einen gläsernen Spiegel. Mutu rannte bis zum Wasserrand und streckte ihre Arme gegen den Himmel. Engelhard und ich setzten uns ins Gras und beobachteten ihre Silhouette vor dem feuerroten Ball der Sonne. Mutu wiegte sich hin und her und sang etwas Afrikanisches vor sich hin. Es war sehr warm, alles war still, nur ab und zu quakte ein Frosch. Hier ist es wie in den Ferien, dachte ich. Und Mutu ist die Waldfrau. Mit halbgeschlossenen Augen sah ich, wie sie ihre Arme kreuzte, ihr Kleid fasste, es über den Kopf auszog und im hohen Bogen auf den Sand warf. Darunter hatte sie nur ihre Schokohaut an.
„Ich fass es nicht", sagte Engelhard mit gedrückter Stimme.
„Ich auch nicht", war alles, was mir dazu einfiel.

Ich traute mich nicht, den Kopf zu bewegen, glotzte nur nach vorne, voll erstarrt. Aber ich hätte schwören können, dass Engelhard strahlte, dass er leuchtete wie der heilige Bim-Bam. Mittlerweile stand Mutu bis zur Taille im Wasser. Sie drehte sich zu uns um und winkte. Und ich dachte panisch daran, dass auch ich keine Badehose mithatte. Ich wäre gerne aufgesprungen und Mutu gefolgt, aber ich war zu keiner Bewegung fähig, blieb sitzen und sagte zu mir: Stehe auf! Geh hin! Aber meine Beine versagten. Ich saß dort, ein Sack voller Steine und beobachtete Mutu, wie sie in das silbrige Wasser eintauchte und dachte dabei: Die ist aus

Schokolade. Das wird nicht gut gehen. So ein Schwachsinn ging mir durch den Kopf. Dann vernahm ich eine rauschende Bewegung neben mir und merkte, dass Engelhard, nackig und blass wie eine geschälte Kartoffel nach vorne preschte und sich ebenfalls ins Wasser warf. Warum geht mein Engel ins Wasser? Dachte ich. Sollte er nicht übers Wasser gehen? Dann kam mir der rettende Gedanke, dass sehr wahrscheinlich Mutu nicht schwimmen kann und Engelhard sie retten musste. Error. Sie schwamm wie ein Fisch, ein glänzender Delfin. Ich hoffte sehr, Engelhards Flügel saugten sich mit Wasser voll und er würde bald untergehen. Aber ich wusste, Engel sterben nicht.

Eine Weile schaute ich es mir an, wie die zwei im Wasser herumalberten. Dann aber wurde mir irgendwie anders, schlecht oder so ähnlich, und ich dachte: Das muss ich mir nicht angucken. Ich stand auf und ging zurück zum Haus, während mir so Einiges durch den Kopf ging.

Als ich in Mutus Zimmer ankam, war mir vieles klar. Ich ärgerte mich, dass ich so dämlich war und abgehauen bin. Mutu war es gewohnt, so zu baden, sie hatte sich bestimmt nichts dabei gedacht. Die ganzen Leute hier waren anders. Nicht so spießig wie meine Eltern und ich. Ich Idiot hoch zwei. Was war denn dabei? War ich denn wirklich so verklemmt? Erst durch meine Reaktion wurde die ganze Geschichte hochgespielt. Ich hätte mich echt ohrfeigen können.

Als ich dort aber über eine geschlagene Stunde hockte und auf die zwei Badenden wartete, musste ich mir eine Frage beantworten: Sie waren jetzt dort alleine, nackt, im Wasser. Was machten sie dort so lange? Und überhaupt, könnte ein Engel mit einem sterblichen Mädchen schlafen? Geht denn so was? Im Flug? Darf er das? Er war mein Schutzengel zum Teufel noch Mal!

Es war quälend dort zu sitzen und zu warten. Mir fiel ein, ich sollte vielleicht HL-5 dazu befragen. Er hat bestimmt eine Definition dazu. Eine Definition der Liebe zwischen Engeln und Menschen.

HL-5 saß in seinem abgedunkelten Zimmer und spielte irgendein PC-Spiel. Überall, auf seinem Tisch, bei seinem Bett, auf dem Boden, lagen Bücher. Ich nahm eins in die Hand: Fermats letzter Satz. Als ich es aufschlug, wimmelte es von Gleichungen und mathematischen Formeln. Danke, dachte ich, so was zieh ich mir nicht rein.

„Hallo", sagte ich. HL-5 antwortete nicht. Erst dann sah ich, dass er Kopfhörer aufhatte und mich nicht hören konnte. Ich ging zu ihm und klopfte ihm an die Schulter. Es machte mir einen diebischen Spaß, als HL-5 vor Schreck aufsprang und mich mit aufgerissenen Augen anstarrte.

„Hab ich dich erschreckt? Tut mir leid", sagte ich heuchlerisch.

HL-5 sagte nichts und starrte mich weiterhin an. War offensichtlich zu viel für ihn. Als er dann auch noch anfing, mit dem Oberkörper hin und her zu schaukeln, bekam ich Schiss, dass ich zu weit gegangen war.

„Ist schon gut, beruhige dich, ich bin es, Peter. Ich wollte dich nicht erschrecken."

Ich streckte die Hand aus und berührte HL-5 am Arm. Der aber zuckte zusammen und fing zu wimmern an. Mist. Was hatte ich mit ihm angestellt? Jetzt wurde auch ich panisch.

Ich packte ihn an den Schultern: „Hey, du bist doch mein Kumpel, und du bist so schlau, ich wollte dich nur etwas fragen."

Nach dem Wort Kumpel hörte HL-5 auf zu wimmern, und als er schlau hörte, beruhigte er sich.

„Was willst du wissen?", fragte er jetzt ganz ruhig wie ein alter Professor.

„Ich will wissen, ob Engel mit Menschen… also ein Engel und ein Mensch-Mädchen zusammen schlafen könnten. Also angenommen…"

HL-5 starrte mich an. Ich sah, wie es in seiner Birne ratterte. Dann sagte er etwas, was ich nicht verstand.

„Was?", fragte ich.

„Bist du mein Freund?", sagte er etwas lauter.

„Klar bin ich dein Freund", meinte ich jetzt aber ganz ehrlich.

Ich musste zugeben, dass ich mir darüber bisher keine Gedanken gemacht hatte. Wäre es möglich, dass ich bisher noch keinen richtigen Freund hatte? Ich zog immer mit jemandem durch die Gegend, aber einen richtigen Freund?

„Freundschaft ist wichtiger als Liebe", wiederholte HL-5 den Satz von heute Nachmittag

„Ja, ist klar. Aber mir geht es um…, um die körperliche Liebe."

„Hm", HL-5 dachte angestrengt nach und sagte dann: „Gut, dass die Minuten in der Uhr eingesperrt sind."

„Wie bitte?"

„Sonst würden sie hier überall herumschwirren."

Dieser Typ tickte nicht richtig. Ich gab es auf.

„OK", sagte ich, „möchtest du mit mir eine Partie Schach spielen?"

HL-5 strahlte und holte sein Schachbrett.

Natürlich verlor ich. Aber HL-5 war hiermit beruhigt.

Von Mutu und Engelhard immer noch keine Spur. Nach der anstrengenden Schachpartie war ich müde. Ich schaute mich im Zimmer um, wo ich mich denn hinhauen könnte. Auf das große Hochbett traute ich mich nicht. So legte ich mich mit meinem Schlafsack aufs Sofa und schlief sofort ein. Irgendwann mitten in der Nacht wachte ich auf. Es war ganz dunkel im Zimmer, aber ich konnte sie atmen hören. Mutu schnarchte leise und Engelhard röchelte. Oder umgekehrt. Mist verdammter, dachte ich.

13.

Es war noch sehr früh am Morgen, als ich aufwachte. Mutu und Engelhard schliefen oben auf dem Hochbett. Also doch, dachte ich. Ich kletterte halb hoch und sah, dass Mutu ganz hinten an der Wand schlief und Engelhard brav auf der anderen Hälfte. Also doch nicht?
Ich hatte Kopfschmerzen und tierischen Durst. Ich fühlte mich krank.
Als ich klein war und Halsschmerzen hatte, brachte meine Mutter mir heiße Milch ans Bett, verwöhnte mich dann den ganzen Tag. Aber jetzt wollte ich meine Mutter nicht dabeihaben.

Ich hatte Angst. Alles, was ich mochte, verließ mich, alles brach zusammen: Mein Vater turtelte mit fremden Frauen herum und war nie zu Hause, mein Schutzengel schlief fremd, (nicht, dass ich mich nach seiner Löffelchenstellung sehnte, aber er war mein Schutzengel!), meine beste Freundin Mutu... Ich war allein auf dieser Welt und so wird es auch immer bleiben. Es wird nie wieder so sein wie früher. Ich wünschte, ich würde aufhören zu existieren.

Ich ging in die Küche und holte mir ein Glas Wasser. Auf dem Tisch sah ich Sandras Schlüsselbund und ihr Handy liegen. Also war sie bereits wieder zurück. Schlagartig vergaß ich meinen Kummer, und ein Rachegedanke schoss mir durch den Kopf. Die Rache fühlte sich fast so gut an wie Glück. Also für den Moment war sie für mich eine Rettung. Ich durfte nicht vergessen, warum ich hier war und ich würde mich rächen. Für die ganze ungerechte Welt!

Aufgeregt nahm ich Sandras Handy und suchte im Adressbuch nach der Nummer von meinem Vater. Ja! Sie war da. Sie hatte ihn unter seinen Vornahmen eingespeichert. Wie dreist war das? Ich musste mich beeilen. Ich tippte auf SMS und schrieb folgenden Text: Muss dich sehen, sehr wichtig, Treffen im …, wo denn? Wo würden sie sich treffen? Am Bahnhof, klar! Also schrieb ich weiter: am Hauptbahnhof heute Abend um sieben, Gleis 3. Manchmal muss es einem schlecht gehen, um auf einen genialen Gedanken zu kommen, stellte ich fest. Ich war der Sieger.

Jetzt musste ich nur schnell nach Hause und vom Handy meines Vaters eine SMS an Sandra schicken. Ich warf noch einen schnellen Blick auf ihre Handy-Nummer. Mein Vater war nicht so verstrahlt und speicherte sie unter Sandra oder gar Geliebte. Der Rest war kein Problem. Ich schnappte mir den Roller und schaute, dass ich wegkam. Engelhard konnte bleiben, wo der Afrikanische Pfeffer wächst, dachte ich mir.

Mein Adrenalin war gut gepeilt, so dass ich richtig Gas gab. Sollten sie mir doch alle den Buckel runterrutschen. Ich war der Macher, ich wusste, wie die Sache läuft, und ich entschied, wie die Dinge in meinem Leben laufen sollten. Ich sah sie schon vor mir, wie sie sich da am Bahnhof trafen und ich, der Engel der Gerechtigkeit, sie mit erhobenem Finger anklagte. Sie werden sich schämen, mich um Verzeihung bitten. „Was habt ihr euch dabei gedacht?", werde ich fragen. Den geliebten Satz meines Vaters, wenn er mich erniedrigen wollte und mich wie einen Idioten darstellte. Sandra wird sich wundern, wie genial ich mich Undercover in ihr Leben eingeschlichen hatte. Jawohl! Ich werde sie so dermaßen zusammenscheißen, so wie ich immer zusammengeschissen wurde. Und dann hole ich meine Mutter und fahre mit ihr irgendwohin, damit sie sich ablenkt. Und irgendwann wird sie mir dankbar sein. Dann wird sie jemanden viel Besseren finden und wird wieder fröhlich und lässt mich in Ruhe. Im Gegenteil, sie wird sich dann immer an mich wenden, wenn sie Hilfe braucht und so weiter.

Ich düste über die glatte Straße wie eine mutierte Hornisse. Eine Drohne, die im Begriff war, abzuheben und anzugreifen. Ich beschleunigte noch etwas und hatte tatsächlich das Gefühl, als würde ich mehrere Zentimeter über der Fahrbahn schweben. Ich wusste nicht, ob es die Geschwindigkeit oder meine Wut war, oder beides zusammen. Plötzlich fühlte ich mich unheimlich stark, unangreifbar. Ich ließ sie alle hinter mir: Sandra, Mutu, Engelhard. Ich brauchte sie nicht, ich war auf einer Mission. Einer Mission, die Welt zu zerstören. Die Zitronenlimonade war ein Quatsch. Das, was ich machte, war ein bitterer Zaubertrank, wie der von Miraculix.

Nur noch wenige Kilometer, dann war ich zu Hause. Das Handy meines Vaters lag gewohnheitsmäßig in der Küche neben dem Radiogerät. Es machte meinem Vater nichts aus, wenn das Radio, durch die Funkwellen gestört, ständig seltsame Geräusche von sich gab. Er meinte, er wäre ein Gewohnheitstier und müsse sein Handy stets an der gleichen Stelle aufbewahren, sonst fände er es nicht wieder. Ich musste also nur einen geeigneten Moment abwarten und die SMS an Sandra abschicken. Und heute Abend werde ich dabei sein! Kein Schutzengel, kein Vater, keine Freundin konnten mich von meinem Vorhaben abhalten.

Und wie es oft so ist, ein genialer Einfall kommt selten alleine. Ich brauchte doch nicht bis nach Hause zu fahren! Meine Idee war fast so genial, wie die Entdeckung des Handys. Ich hielt an, zog mein Handy aus der Tasche, unterdrückte meine Nummer und schickte eine SMS an Sandras Handynummer. Genau die gleiche Wortwahl, wie ich bereits an meinen Vater gesimst habe: Muss dich sehen, treffen heute Abend um sieben am Hauptbahnhof, Gleis 3, Hans. Ich fügte noch ein Herzchen und einen Smiley dazu. So, jetzt war es vollbracht.

Es war ein schöner Morgen, die Sonne schien, und ich hatte Zeit. Erst heute Abend um neunzehn Uhr war mein großer Einsatz. Ich überlegte, wie ich den Tag schnell hinter mich bringen könnte. Es war schon lange her, dass ich mit meinen Kumpels Fußball spielen war, oder sollte ich lieber Juri Mazurek besuchen?
Die letzte Haarnadelkurve kurz vor der Ortseinfahrt nahm ich mit 60, lehnte mich von links nach rechts fast parallel zur Fahrbahn und glich dann aus, indem ich auf 80 beschleunigte.

Dann kam der Blitz, ein Schock, als wäre ich gegen eine Betonwand geknallt. Ich bremste auf die vorgeschriebene Geschwindigkeit ab, aber zu spät. Die rotweiße Kelle zwang mich zur Vollbremsung.

„Junger Mann, Sie fahren innerorts mit überhöhter Geschwindigkeit. Ihren Führerschein und Fahrzeugpapiere, bitte."

„Hab ich nicht dabei", sagte ich entschuldigend.

„Dann Ihren Personalausweis, bitte."

„Oh, habe ich alles daheim liegen lassen, sorry."

Mein Personalausweis befand sich zwar in meiner Tasche, aber ich behielt ihn lieber dort. Mein Geburtsjahr hätte mein Alter verraten. Den Roller durfte man erst ab Sechzehn fahren und das nur gedrosselt. Einen Rollerführerschein besaß ich logischerweise nicht.

„Aha", sagte der Grüne süffisant, als hätte er das alles schon gewusst.

„Name, Adresse, Alter, bitte!"

So rasend wie jetzt hatte ich noch nie nachgedacht. Ich war ein eher langsamer Denker. Jetzt musste ich aber abwägen, ob ich ihn mit einer falschen Adresse abspeisen soll. Aber wie ich die Sache also blitzschnell durchdachte, kam ich zu dem tragischen Ergebnis, dass egal was ich sagte, die Sache ein schlimmes Ende nehmen wird. So entschied ich mich für einen Kompromiss. Ich gab ihm meinen richtigen Namen und die Adresse, bei meinem Alter schwindelte ich: „Siebzehn", hauchte ich und rechnete schnell im Kopf aus, in welchem Jahr ich denn dann geboren wäre.

Der Polizist schrieb alles geduldig auf. Dann sagte er: „Moment", ging zu seinem Motorrad, griff nach der

Funke und gab den Namen und Adresse durch. Er stand jetzt mit dem Rücken zu mir, ungefähr in drei Metern Entfernung. Sollte ich abhauen? fragte ich mich in Panik, während mir der kalte Schweiß den Rücken hinunterrollte. Ein Blick zu dem etwas abseitsstehenden Streifenwagen genügte, um meine Idee zu verwerfen.

Im Streifenwagen saß eine Politesse mit dickem blondem Zopf, die ebenfalls lebhaft mit dem Funk kokettierte und mit dem Zündschlüssel spielte. Der eine oder die andere wird mich nach ein Paar Metern erwischen. War sonnenklar.

Der Motorradbulle kam zurück und studierte das Kennzeichen, während er in sein Walkie Talkie einflüsterte: „Abgemeldet, das Krad gehört Hans Bester, Kastanienweg 6. Ja, das stimmt. Alter erst Fünfzehn, jawohl, Peter Bester, selbe Adresse. Ja, machen wir. Ende."
Er drehte sich zu mir hin und sagte für die Situation, so wie ich sie erlebte, milde: „So Bürschchen, absteigen! Der Roller ist beschlagnahmt. Nicht angemeldet, nicht versichert, kein Führerschein, erst Fünfzehn. Das wird dich teuer zu stehen kommen. Absteigen, ins Auto, aber zackig!"
„Hören Sie, bitte! Ich kann alles erklären! Das ist nicht so, wie Sie meinen...", fing ich an. Aber das zog bei ihm kein bisschen.
„Ja, ja, du kannst alles erklären. Aber erst auf dem Revier. Also Bewegung und das dalli!"

Ich zuckte so trotzig wie ich konnte die Schultern, schleppte mich zum Polizeiwagen und setzte mich hinter die Blondzöpfige.

Nachdem mein Roller gesichert war, fuhren wir los. Ich wollte mir während der Fahrt eine plausible Ausrede überlegen, aber das Funkgerät war an, und es kamen immer neue interessante Meldungen durch. Irgendwo stand ein Irrer auf der Eisenbahnbrücke und drohte mit Selbstmord. Dann verlor ein Mann seine Frau im Einkaufszentrum. Sie wurde am Informationsschalter von Securitas abgegeben. Und aus dem Bauernhof irgendwo in der Pampa sind zwei Pferde ausgerissen. Die Polypen im Auto nahmen kaum Notiz von den Meldungen und unterhielten sich über irgendwelche Gartensträucher. Mich interessierte das brennend. Es war genauso wie im Fernsehen.

Auf dem Revier setzten sie mich in einen Raum, in dem es zwei olle Schreibtische und zwischen den vertrockneten Grünpflanzen auf dem Fensterbrett so komische Glas- und Bambusgefäße gab. So eine Art Flaschen mit rundem Körper und schrägem dickem Hals. Zuerst dachte ich, es wären Pinkelflaschen, so wie ich sie von meinem Uropa kannte. Er hatte immer so eine Flasche halbvoll am Bett hängen. Dann aber wurde mir klar, dass es Bongs waren. Also diese Art Opiumpfeife. Wahrscheinlich bei irgendwelchen Drogenjunkies konfisziert.

Lange Zeit passierte gar nichts, und ich wünschte, sie würden nie wiederkommen und mich holen. Sie könnten mich vergessen oder schlimmere Verbrechen lösen, so lange, bis meine Strafe hier in diesem Zimmer abgesessen oder verjährt wäre. Ich rutschte ungeduldig auf dem Stuhl hin und her und wurde immer panischer. Was hatten sie mit mir vor? Komme ich in den Knast, oder wird es nur teuer?

Einige meiner Kumpels prahlten mit Geschichten über ihre Mofas, denen sie die Drossel ausbauten und erwischt wurden. Sie schienen nicht besonders gelitten zu haben. So weit ich es noch wusste, mussten sie nur Sozialstunden abarbeiten und das war es. Dafür hatten sie eine Geschichte auf Lager, mit der sie angeben konnten. Das beruhigte mich etwas. Solange ich nicht einer alten Oma den Hintern abwischen muss, wäre ich bereit, ein paar Stunden für einen guten Zweck zu opfern.

Das Grottige allerdings war die Tatsache, dass meine Eltern schier ausflippen werden. Meine Mutter erleidet einen Schock, und mein Vater bringt mich um. Dazu kam noch, dass ich in dieser Situation nur schwer meinen Plan durchführen konnte.

Wo war denn eigentlich Engelhard, der abgedrehte Verräter? Es war sein Einsatz jetzt, verdammt! Es war sowieso alles seine Schuld. Nein! Mein Vater war an allem schuld! Wegen ihm und Sandra hatte ich das hier alles angezettelt. Und für meine Mutter. Herrgott! Ich wusste nicht mehr, wo mir der Kopf stand. Vor einer Stunde dachte ich noch, ich könnte die Welt lenken! Oh warum, warum mussten diese Trottel von Polizisten gerade an dieser Stelle Schmiere stehen?

Was ist, wenn ich jetzt ins Gefängnis komme? Jugendarrest? Gott! Dort sind andere Kaliber als ich, ein popliger Verkehrssünder! Die werden mich auslachen und fertigmachen!

Warum habe ich denn überhaupt gehalten? Ich hätte weiterfahren sollen! Dann hätten sie mich verfolgt und auf mich geschossen oder ich wäre mit einem Auto zusammengeprallt und wäre jetzt im Krankenhaus oder lieber tot! Ha! Dann würde es meinen Eltern leidtun. Vielleicht sollte ich es noch nachholen? Ich könnte ja aus dem Fenster springen!
Ich schaute mich um. Das Büro war im Erdgeschoss. Das hatte alles keinen Sinn. Übrigens würde bestimmt Engelhard dann plötzlich doch antanzen und meinen Selbstmord verhindern. Ich saß ganz tief in der Patsche!

„So kommen Sie, junger Mann." Der Motorradpolizist öffnete die Tür und winkte mich heraus. Wir kamen in ein anderes Büro, diesmal ohne verdorrte Grünpflanzen und Bongs. Dafür war es hier verraucht wie bei einem Osterfeuer. Die Blonde mit Zopf saß mit dem Rücken zu mir vor einem veralteten PC und haute in die Tastatur wie auf der Galopprennbahn. Hinter dem Schreibtisch saß ein Polizist in Zivil mit einer Zigarre im Mund. So etwa wie Columbo, nur dicker.
„So, Junior", sagte er zu mir und schaute mich besorgt an.

Ich hasse es, wenn jemand zu mir Junior sagt, aber in meiner Situation war ich bereit, die miese Beleidigung zu schlucken.

„Ja", räusperte ich mich.

„Du hast also den Roller deines Vaters ohne sein Wissen entwendet und bist damit ohne Führerschein mit überhöhter Geschwindigkeit gefahren. Der Roller ist nicht angemeldet und nicht versichert. Weißt du, was das bedeutet?"

Ich wusste genau, was das bedeutet, und nickte.

„Na", sagte er und lehnte sich erwartungsvoll nach vorne. „Was? Erzähl es mir!"

„Ja, also, hm. Ich hätte es lieber lassen sollen." Wenn ich ehrlich war, wusste ich, dass es ein großer Müll war, was ich getan habe. Was es aber genau zu bedeuten hatte, wollte ich lieber gar nicht wissen.

Ich senkte den Kopf und sah meine verdreckten Schuhe an und schwieg.

Der Polizist wartete. Die blonde Tusse hackte und hackte. Eine verirrte Wespe rammte die verdreckte Fensterscheibe und summte irre in die Stille im Raum. Ich schwieg. Langsam fing ich an, meine verdreckten Füße zu hassen.

Die Zigarre ächzte, und der Vortrag ging los.

„Wenn du jemanden umgefahren hättest, wärest du nicht versichert. Das würde heißen, dass du alles selbst zahlen müsstest. Du hättest mit Fünfzehn einen riesigen Berg Schulden mein Lieber."

„Das hatte ich nicht bedacht", meinte ich kleinlaut.

„Ja, das kenne ich. Ihr junger Bengel bedenkt nie etwas! Was meinst du, wie viele ich schon von der Fahrbahn gekratzt habe? Ihr meint immer, Ihr seit unbesiegbar, denkt aber nicht für fünf Cent darüber nach, was alles passieren könnte." Er redete sich so in Rage, dass ich schon befürchtete, er würde über den Tisch krabbeln und mir eine knallen. Tat er aber nicht, lutschte nur heftig an seiner Zigarre und schaute mich böse an.

„Silke bitte."

Die Blonde nickte offenbar zum Diktat bereit.

„Peter Bester, wohnhaft Kastanienweg undsoweiter, werden folgende Straftaten vorgeworfen:

Erstens: Straftat nach Pflichtversicherungsgesetz (Paragraph 6 PflVG).

Zweitens: Fahren ohne Fahrerlaubnis (Paragraph 21 StVG)

Drittens: Überschreiten der Höchstgeschwindigkeit innerhalb der Ortschaft um 28 Kilometer die Stunde. Festgestellte Geschwindigkeit nach Tolleranzabzug 78 km/h. Klammer auf: Paragraph 3 Absatz 3, Paragraph 49 StVO; Paragraph 24 StVG. Klammer zu.

Beweismittel PoliScan SPEED

Zeugen: Lehmann, Hellauer

Bemerkungen:

Sie fuhren….

Das ging und ging und nahm kein Ende. Ich beobachtete die bedepperte Wespe, wie sie jetzt über einer halbleeren Teetasse kreiste und wünschte mir, ich wäre an ihrer Stelle. Freudig würde ich bis zum Umfallen gegen die verdreckte Fensterscheibe rammen, wenn ich nur aus dieser Kacke rauskommen könnte.

Um zwei Uhr nachmittags holte mich mein Vater ab. Die Bullen wurden etwas milder, als er mit seiner Nobelkarre vorgefahren kam. Aber das, was ich bisher erlebt hatte, war nichts dagegen, was mich zu Hause erwartete. Während der Fahrt sagte mein Vater kein einziges Wort. Es war schlimmer als Motzen oder Prügel. Dieses Schweigen. Wahrscheinlich ging er die für mich geeigneten Foltermethoden durch.

Als wir zu Hause ankamen, warteten schon meine Mutter, das war die mit den ewig verweinten Augen und meine Schwester, das war die, die meinte, mich ebenfalls erziehen zu müssen, vor der Tür. Die beiden legten stereo los und kreischten, als würden sie um die Rolle der Bösen Stiefmutter casten.

„Wie bist du nur auf diese dämliche Idee gekommen? Warum? Hast du denn nicht alles, was du brauchst? Ist das die Dankbarkeit? Du machst uns alle unglücklich!", und so weiter und so fort.

Mein Vater maß das Zimmer mit Siebenmeilenschritten durch. Überhaupt waren sich jetzt alle so einig wie noch nie. Dass sie sich nicht direkt in den Armen lagen und sich gegenseitig zu der gelungenen Schimpferei beglückwünschten, war ein Wunder.

Ich wünschte in Gedanken Engelhard zurück, verzieh ihm alles, was er mir angetan hatte. Ich versprach ihm sogar, mich über ihn und Mutu zu freuen, wenn er nur käme und mir irgendwie helfen könnte. Dann schnappte in meinem Kopf ein Schalter um. Ich sah Sandra und meinen Vater auf Gleis 3 heute um neunzehn Uhr. Ich verbot mir den Gedanken an diese peinliche Szene, aber das Bild von den beiden drängelte sich immer wieder vor alles andere wie ein lästiger Werbespot.

Was habe ich da angestellt? Was hatte mich da getrieben? Wenn die sich heute treffen, wird Vater Sandra alles erzählen, und dann muss sie nur zwei und zwei zusammenzählen, und diese peinliche Geschichte kommt auch noch dazu.

Ich versuchte die ganze Sache irgendwie abzuschwächen und meinte, ich wollte nur ganz kurz zu einem Freund, stotterte etwas über Matheaufgaben, die ich mit ihm rechnen wollte und verhedderte mich in noch mehr Lügen.

„Lass deine pubertären Ausreden, Peter und red nicht so einen Haufen Unsinn daher", rief meine Schwester. „Wenn du wenigstens die Wahrheit sagen würdest!"

Ja, die Wahrheit. Das konnte ich doch nicht! Da hätte ich zum Beispiel verraten müssen, warum wir Sandra nachstellten. Und ich hätte zugeben müssen, dass ich nicht einmal, sondern seit ein paar Monaten mit dem Roller unterwegs war! Unmöglich!

An diesem Abend herrschte in unserem Haus die reine Verzweiflung. Mein Vater war wütend, meine Mutter machte sich Vorwürfe, dass sie sich nicht genug um mich gekümmert hatte und meine Schwester gab mir die Schuld dafür, dass sie morgen die erste Vorlesung verpassen wird, da sie meine Mutter trösten musste. So eine abgrundtiefe Lüge! Sie hatte keinen Bock auf die Vorlesung und hatte jetzt eine super Ausrede.

Dann wurde ich in mein Zimmer geschickt, wo ich versuchte, telepatisch mit Engelhard Kontakt aufzunehmen, aber ohne Erfolg. Ich fragte mich, ob es gerecht war, wenn jemand, der seine Frau betrog, mir überhaupt Vorhaltungen machen durfte? Wie heißt es: Wer ohne Schuld ist, werfe den ersten Stein? Waren denn Richter oder Polizisten ohne Fehler? Nein, ich war nicht naiv! Ich wusste, dass jeder Mensch Dreck am Stecken hatte. Sogar mein Schutzengel hatte ständig irgendwelche Strafen aufgebrummt bekommen. Und wie funktionierte es überhaupt im Himmel? Von dort regnete es nur Strafen auf uns hinunter. War Gott der einzige, der unfehlbar war? Wahrscheinlich nicht, sonst würde er nicht Kriege, Seuchen oder sonstige Unflätigkeiten zulassen.

Ich kam zu dem Schluss, dass die Welt ungerecht war. Aber wenn ich ehrlich war, fühlte ich mich in dieser Gesellschaft der Schurken und Halunken nicht mehr so alleine. Ich dachte mir, die Strafe kommt, die halt ich durch und dann, dann bin ich frei! Doch ein Unglück zieht magnetisch ein anderes an, bis es eine ganze Kette wird, die man am Hals hat.

14.

Die folgende Woche war grau und stumpf wie das Fell einer toten Ratte. Ich hatte Hausarrest, spielte Counter Strike und wartete auf die Guillotine. Das heißt auf die Verurteilung seitens der Polizei. Obwohl mein Vater auf mich sauer war, sprach er mit einem Anwalt, der die Situation als nicht so schlimm einschätzte. Ich würde sehr wahrscheinlich Sozialstunden aufgebrummt bekommen. Wie gesagt, dass war weniger schlimm als der Ärger der Hausgötter. Der konnte noch recht mies ausfallen.

Darüber, ob mein Vater zu dem von mir organisierten Rendezvous gegangen war oder nicht, hatte ich keinen Plan. Denn um diese Uhrzeit musste ich schon in meinem Zimmer hocken und über mein Schicksal grübeln.

Der letzte Schlag kam am Freitag, als auf meiner Schulnoten-Urkunde, also auf meinem Zeugnis, eine fünf in Englisch glimmerte. Ich hatte es schon halb befürchtet, denn in der letzten Zeit waren wir ständig in der Ollen Stube bei Gerda und Mutu. Nicht nur an den Wochenenden, sondern auch in der Woche in Gedanken. Da ich aber in den anderen Fächern nicht so schlimm abgeschnitten hatte, hoffte ich auf mildernde Umstände. Meine Mutter ertrug die Botschaft mit Würde. Mein Vater sagte mal wieder kein Wort. Am nächsten Tag stellten sie mich vor vollendete Tatsachen. Ein genialer Schachzug, der meinen Vater wieder von aller Verantwortung lossprach.

„Am Fünfzehnten fliegst du für vier Wochen nach England, Englisch lernen. Eine fünf in Englisch ist inakzeptabel. Heute ist Englisch keine Fremdsprache mehr, sondern das brauchst du im Beruf, in der Freizeit und überall. Du hast meiner Meinung nach viel zu wenig dafür getan. Aber damit du nicht wieder meinst, du bekämst unsererseits keine Unterstützung, kannst du dich jetzt richtig ins Zeug legen."

Ich weiß nicht mehr, ob mein Vater oder meine Mutter diesen Vortrag hielt. Egal. Sie waren sich jedenfalls in dieser Sache vollkommen einig. Alle waren gegen mich. Sie wollten mich loswerden. Klar, wenn ich nicht da war, hatte mein Vater freie Fahrt ins Wochenende mit Sandra. Wahrscheinlich ahnte er etwas. Und meine Mutter? Sie wollte offensichtlich meine Hilfe nicht. Sie stand auf der falschen Seite. Auf Vaters Seite! Was für ein Irrtum, was für eine Unterwürfigkeit! Wie erniedrigend sie sich verhielt! Wie schwach war sie denn? Dazu noch meine Schwester, die miese Ratte! Diese Idee kam bestimmt von ihr. Meine Schwester - die Tugend in Person! Wenn sie wenigstens Gras rauchen würde oder wechselnde Partnerschaften pflegte. Dann könnte ich meinen Eltern zeigen, dass ich nicht alleine das schwarze Schaf war. Aber keine Chance, ich war der miese Typ in der Familie. Der Nachzügler. Egal, wie ich mich bemühte, irgendwie stand meine Schwester immer auf der Sonnenseite, und ich steckte bis zum Hals in einem Müllhaufen voll Unsinn.

Also knallte ich die Tür hinter mir zu, holte meinen Rucksack aus dem Schrank und stopfte meine

Klamotten hinein. So wie sie aus dem Schrank fielen, und war bereit. Vielleicht wird es gar nicht so schrecklich werden, vielleicht bleibe ich drüben, für immer. Komme nie wieder zurück. Schade, dass die Reise nicht nach London ging. Bournemouth, wo war denn das Kaff überhaupt? Und wie spricht man das Kaugummiwort aus?

Ich musste nicht lange warten, um es zu erfahren. Nachdem ich auf dem Londoner Flughafen landete, und anschließend zwei Stunden mit dem Bus über die Pampa schaukelte, blökte der Busfahrer ins Mikro so etwas wie: Kotz Würg. Er rülpste oder kotzte: „Boohmös." So hieß das Ziel meiner Reise.

Also diese Mir-geht's-schlecht-Stadt liegt am Ärmel-Kanal, sozusagen direkt gegenüber Frankreichs Nordküste. Es ist ein Ferienort mit Stränden und Hotels und allem, was so dazu gehört. Ich weiß nur nicht, wann die Briten Sommer haben. Der Juli ist es mit Sicherheit nicht. Als ich ankam, goss es in Strömen, es war saukalt, und es wehte ein eisiger peitschender Wind. Dieses Naturereignis hielt fast die ganzen vier Wochen, in denen ich hier ausgesetzt wurde.

Das Richard Language College residierte in einer Art alten Villa mit einem großen Park dahinter, in den mehrere Häuser neueren Datums mit Klassen- und Wohnräumen gestreut waren. Die meisten Schüler wohnten im College. Ich aber war ein Spätbucher und musste auswärts bei Mr. und Mrs. Blyton wohnen. Ihr Haus, etwas außerhalb von Bournemouth, war eins in einer Reihe Häuser aus rotem Klinker und jeweils einem Erker zur Straße. Von außen also sah das Haus ganz unauffällig aus, innen aber bekam ich regelmäßig klaustrophobische Anfälle. Mrs. Blyton stickte und gobelinte im Akkord. Sie fertigte in manueller Massenproduktion Deckchen, Decken, Bilder, Tischdecken und Teppiche. Die Wände, Tische, Stuhllehnen, Fußstützen und sogar die Teekanne waren mit ihren Kunstwerken bestückt. Obendrein sammelte sie Puppen, die sie auf diese feschen Deckchen platzierte und auf das Fensterbrett vor der Gardine aufreihte. Jeden Tag, wenn ich von der Schule zurückkam, glotzten mich diese starren Glasaugen aus ihren Porzellanköpfen an. Ich musste dann an den armen Harry Potter denken und verstand, dass er lieber in der Obhut der bösen Zauberer und Hexen weilte als bei einer britischen Provinzfamilie.

Mr. Blyton schenkte diesem Stillleben eine besondere Note. Den ganzen Tag lutschte er an einer seiner hundert Pfeifen, zerstreute auf den Stickereien den Tabak und hinterließ einen Duft nach Rauch und getrockneten Pflaumen. Jedes Mal, wenn ich gezwungen wurde, mich im Wohnzimmer aufzuhalten, fühlte ich mich klebrig, verstaubt und asthmatisch. Lieber zog ich mich in mein Zimmer im ersten Stock zurück. Aber auch hier lagerten Deckchen und Puppen zweiter Wahl. Manche Puppen hatten nur ein Auge oder ein Bein oder waren sonst wie missgestaltet. Bei den Stickereien tippte ich auf Frühwerke von Mrs. Blyton.

Jedes mal wenn ich in mein Zimmer kam, stopfte ich als erstes das ganze Zeug in den Schrank. Aber am Nachmittag, bei meiner Rückkehr aus der Schule, saßen die Mädels wieder possierlich auf der bunten Patchworkdecke auf meinem Bett. Die Möbel in meinem Zimmer hätte man bei uns allesamt auf den Sperrmüll geschmissen. Der Teppich war älter als das Alter aller Hausbewohner zusammen. Durch das einfach verglaste klapprige Schiebefenster zog es, dass die Vorhänge sich aufblähten. Trotzdem war ich hier lieber als unten im Wohnzimmer.

Das einzige, was in diesem düsteren Haus einigermaßen war und worauf ich mich immer freute, waren die Mahlzeiten. Bei uns zu Hause hieß es immer, die Engländer könnten nicht kochen, aber mir hat hier alles geschmeckt.

Bereits morgens, als ich aufwachte, roch es aus der Küche nach frischem Toast und gebratenen Eiern mit Schinken. Manchmal gab es sogar dicke Bohnen dazu. Mittags gab es dann Fleisch mit Kartoffeln und immer der gleichen Soße, gravy genannt, die mal hell, mal dunkel ausfiel und jedes Mal gleich, aber saugut schmeckte. Die Krönung war die Teatime: Ein starker Tee mit so viel Zucker, dass man Muskeln brauchte, um mit dem Löffel umrühren zu können. Dazu gab es Küchlein (Scones) und Kekse (Cookies) mit Marmelade oder Honig. Gewöhnlich bin ich kein großer Esser aber hier verspeiste ich alles, was mir Mrs. Blyton vorsetzte.
„You are homesick, dear", meinte sie und schob mir noch mehr Kekse zu.

Quatsch! Ich hatte kein Heimweh, was für ein Unsinn, ich war froh, den Vorwürfen meiner Familie zu entkommen. Das war die Langeweile, an der ich zwischen den Fressorgien litt.

In der ersten Woche latschte ich brav zum College und bemühte mich redlich etwas Englisch aufzuschnappen. Obwohl ich nicht einsah, warum ich in den Ferien auch noch in die Schule musste.

In meiner Klasse waren hauptsächlich spanische Toreros, einige aufgedrehte Spaghettis und zwei verquere Russen. Alle aus reichen Familien, in weißen Polohemden und mit angewachsenen Tennisschlägern. Alle nicht mein Fall. Auch sonst traf ich hier keine annehmbare Person, mit der ich etwas zu tun haben wollte.

In den Pausen bildeten sich auf dem Schulhof nationale Grüppchen. Alle plauderten in ihrer eigenen Sprache drauf los, als müssten sie Dampf ablassen, damit sie nicht explodierten. Die deutsche Gruppe bestand aus zwei bebrillten Strebern aus Stuttgart und drei Österreichern. Das Gesprächsthema war immer dasselbe: Entweder gaben sie mit ihren Handys oder I-Pods an oder schnorrten Zigaretten und beratschlagten, wie sie das Nachtleben von Bournemouth unsicher machen wollten. Es ging auch um Drogen, Mädels und sonst was. Ich hatte keine Lust auf linke Sachen. Ich war nicht interessiert, ich wollte Ruhe.

Auf dem College gab es einen Internet-Raum. Ich überlegte, Mutu eine E-Mail zu schicken oder wenigstens HL-5, das wäre nicht so offensichtlich gewesen, aber jeden Tag hoffte ich, auf der Treppe des Blyton-Hauses Engelhard anzutreffen und ließ es lieber sein. Er würde mir dann alles berichten. Das hoffte ich wenigstens.

15.

Für den ersten Sonntag wurden vom College Ausflüge angeboten. Ich war nicht interessiert. Außerdem kostete der Spaß über zwanzig Pfund zusätzlich, die ich lieber für CDs oder Kippen ausgeben wollte. Oder für's Kino. Aber das fiel weg, weil alles auf Englisch. Bei den Blytons wollte ich aber auch nicht den Sonntag verbringen. So nahm ich wie gewöhnlich den gelben Bus zur Stadt und lief dann zu Fuß bis zum Strand. Der Regen hörte gerade auf, und der Wind, der mit den Wolken ein fieses Spiel trieb, schob sie für eine Weile auseinander, um kurz zu berichten, dass der Himmel hinter den Wolken immer noch blau sei. Nach einer Weile pustete er sie wieder zusammen und schloss sie vor der blauen Pracht wie ein Eisentor wieder zu. So ging es eine Weile hin und her. Manchmal zeigte sich sogar die Sonne, um hinter der nächsten Wolke gleich wieder zu verschwinden.

Am Strand liefen nur wenige verzweifelte, verfrorene, barfüßige Urlauber mit hochgekrempelten Hosenbeinen. Alle weiß wie Ziegenkäse. Nach den zugeklappten Liegestühlen und verschlossenen Strandkörben zu urteilen, gab es hier wohl auch ein Leben mit schönem Wetter.

Heute fror ich aber in meiner Sommerjacke und da ich mir meine Nikes nicht ruinieren wollte, zog ich sie mir aus und krempelte meine Jeans hoch wie die restlichen Irren. Der Sand war kalt, der Wind peitschte mir ins Gesicht, doch ich fand es besser als diese peinlichen

Veranstaltungen im College. Ich fragte mich, warum ich das ganze Affentheater überhaupt mitmachte. Englisch sprechen kann ich auch ohne Kurse. Ich wollte ja nicht Spanisch oder Österreichisch lernen.

Dann schaute ich über den Kanal und hatte das Gefühl, ich könne Frankreichs Küste sehen. Das Meer war dunkelgrau und tobte. Und irgendwo drüben links musste Deutschland sein. Wenn ich ein Engel wäre wie Engelhard, würde ich rüber fliegen über unser Haus hinweg zur alten Fabrik. Dort schien immer die Sonne. Ich lief und lief und setzte mich dann auf einen der großen Steine, die aus dem Sand herausragten, holte mein Heft aus dem Rucksack und versuchte, aufzuschreiben, was hier so lief. Also wettermäßig und wie es mir so ging. Ich fühlte mich übelst einsam, als wäre ich alleine auf der Welt. Der letzte Mensch nach einem Weltuntergang. Der letzte Überlebende, der seit Wochen, nein, Monaten keine Menschenseele mehr getroffen hatte. Der, damit er seine Sprache nicht vergisst, schreiben muss, sonst geht er ein. Er hat genug zu essen, er kann in jedem erdenklichen Haus übernachten. Er kann sich alles nehmen: Klamotten, Handys, Autos. Alles ist da im Überfluss. Alles verlassen. Die Menschen sind weg. Er (also ich) ist alleine auf der ganzen Welt. Langsam fängt er an, mit sich selbst zu sprechen. Er schaukelt wie HL-5 vor und zurück, denn er hat jegliche menschlichen Kontakte verloren. Er (ich) wird an seelischer Einsamkeit sterben. Ich schrieb und merkte, es war ein Brief an Mutu.
Ich sagte, dass es mir leidtäte, dass ich so unerwartet abgehauen bin, dass ich bald zurückkäme und ihr helfen

würde, ihren Vater zu finden. Dass ich ihre dunkle Haut und ihre langen Beine schön fände. (Das mit den Beinen strich ich durch, das war zu persönlich). Ich sagte, dass mir unsere Freundschaft sehr viel bedeutete… Ich schrieb und schrieb.

Es fing wieder an zu regnen, die Regentropfen verwischten die Schrift auf dem Blatt und meine Finger wurden steif und rot vor Kälte. Ich klappte das Heft zusammen und dachte, ich sollte für sie besser ein Gedicht schreiben wie Engelhard. Das hatte mehr Stil als ein Brief. Und nachdem ich eine weitere Ewigkeit auf dem Strand hin und her lief, brachte ich nur einige schwachsinnige Zeilen zusammen:

Haare wie Treibgut,
Steine in den Schuhen,
Goldene Ketten,
Werde um dich buhlen,

An allen Orten
Werde ich dich suchen,
Am Ende der Winde
Die Sehnsucht verfluchen.

Ich gehe dir nach
Und wenn ich dich finde
Dann wird es Zeit,
dass ich wieder verschwinde.

Oder lieber?

Ich gehe dir nach
Und werde dich finden
Dann wird es Zeit
Für dich zu verschwinden.

Oh Gott! Das war ja alles gesammelter Müll. Engelhard hatte es drauf, ich nicht. Dann aber fiel mir etwas viel Besseres ein. Ich setzte mich wieder hin und machte eine Zeichnung von der Ollen Stube und von Gerda, wie sie auf dem Seil balancierte, von HL-5 mit dem Kopf in seiner Blackbox, von Engelhard, wie er uns mit Hühnerkacke beschoss. Von mir auf dem Trecker und von Mutu, wie sie mit erhobenen Armen am Seeufer tanzte. Oben drüber schrieb ich: MUTUS PARADISO und unten rechts meinen Namen. Also nur Peter B.

Dann schaute ich mich nach einer Glasflasche um. Das war nicht schwer. Ich fischte eine mit Schraubverschluss aus einem der Mülleimer an der Promenade und stopfte die zusammengerollte Zeichnung hinein. Am Ende der Mole warf ich die Pulle in das tosende Meer und stand noch lange da, bis die Flaschenpost mit den Wellen verschwand.
Danach ging es mir besser und ich verspürte einen riesigen Hunger.

„Watsch ja bett lof?", fragte das Mädchen und ich verstand rein gar nichts. Stand nur da und glotzte dämlich zu ihr hinauf. Sie wartete. In einer Hand einen Korb mit Pommes und in der anderen einen leeren Pappteller. Ich starrte sie an und schluckte. Was hatte sie gesagt? War das etwa eine Frage, was ich essen wollte?

Der Verkaufsanhänger, vor dem ich stand, bot Fisch and Chips an. Also zeigte ich mit dem Finger auf die Pommes und sagte: „Fish, please."

Sie zuckte mit den Schultern, tropfte die Pommes ab und kippte sie auf den Teller. Dann fischte sie noch einen Bratfisch aus seinem Ölmeer und klatschte ihn neben die Pommes. Ich zahlte und verzog mich zu einem der Stehtische, die unter dem Wagenvordach standen. Meine Ohren brannten. Wie peinlich, ich verstand nicht die einfachste Frage. Dabei hatte ich seit der dritten Klasse Englischunterricht.

Das Zeug schmeckte richtig gut. Mit ordentlich Ketschup und Majo war es eine echte Wonne.

Während ich so kaute, ins Nichts starrte und über meine bejammernswerten Englischkenntnisse sinnierte, kam das Mädchen mit einem großen blauen Sack heraus und räumte die Tische leer. Dann wischte sie sie mit einem Lappen, der schon bessere Zeiten gesehen hatte, sauber. Sie war nicht groß, trug einen engen Plüschpulli mit nettem Ausschnitt, dazu einen kurzen Rock und diese Gummiclocks, die die ganze Welt zwischen Asien und Amerika, trägt.

Als sie an meinem Tisch vorbeikam, lächelte sie mich an und fragte, ob ich Cola möchte. Ich war stolz, sie verstanden zu haben und nickte. Sie kam mit zwei Colas zurück, stellte sie auf den Tisch, zog eine Zigarette aus der Schachtel und schaute mich fragend an.

Ich hasse es, wenn jemand qualmt, während ich esse. Aber in Anbetracht meiner armseligen

Englischkenntnisse und der Situation nickte ich nur und grinste zurück.

Sie zündete sich die Zigarette an, schaute mich schief an und fragte:

„Do you have a sweetheart?"

Ich nickte, denn ich verstand nur süß und dachte an den Nachtisch. Als sie aber nicht die Anstalten machte, diesen zu bringen, ahnte ich, dass ich etwas missverstanden habe und fragte nach:

„Oh, I beg you pardon. What did you say?"

Ich kam mir vor, wie bei der dritten Englischstunde in der Grundschule.

„Do you have a sweetheart? A girlfriend?", wiederholte sie und schaute mich erwartungsvoll an.

Jetzt kapierte ich! Das war krass!

„Oh, no, I'm here to study English. "

Das war der einzige Satz, den ich auch im Schockzustand sagen konnte.

„Where do you come from? " Sie gab sich ordentlich Mühe so zu sprechen, dass ich sie verstand.

„From Germany."

"And what's your name?"

"Peter."

„Oh, nice, Pete. Lucy."

Sie gab mir ihre Hand mit rotlackierten abgeblätterten Fingernägeln.

„Please to meet ya. "

„Me too. "

Sie lachte, drückte die Zigarette aus, nahm den Aschenbecher und ließ mich vor meinem halbleeren Teller stehen.

Zu Hause angekommen, blätterte ich fieberhaft in meinem Wörterbuch und fand, dass der Satz: Watsch ja bett lof? sehr wahrscheinlich meinte: What ist your bet, love. Was bedeutete: Was ist deine Wette, Liebling? Das war schräg. Auf welches Essen wettest du? Oder so ähnlich. Ich musste feststellen, dass das Englisch, das wir in der Schule lernten, nichts mit dem Englisch, das hier gesprochen wurde, zu tun hatte. Und das brachte mich auf eine super Idee.

16.

In der zweiten Woche wurde das Wetter erträglicher. Ab Montag schnappte ich mir jeden Morgen meinen Rucksack und meine Gitarre, machte um das College einen großen Bogen und marschierte direkt zum Strand. Es schien keinen zu interessieren, ob ich da war oder nicht. Schließlich konnte ich auch meinen Englischunterricht extern beziehen. Es war nicht meine Entscheidung gewesen, zu dieser bescheuerten Schule zu fahren. Und das auch noch in den Ferien! Ich beschloss, meine verbliebene Exilzeit so gut wie möglich zu verbringen. Ein bisschen chillen, die Gegend erkunden und das echte Englisch lernen.

Nachdem ich am Strand auf meinem Stein der Weisheit sitzend einige gelungene Liedtexte zustande gebracht hatte, nahm ich die Gitarre und schmetterte sehnsuchtsvoll die neuen Songs Richtung deutsche Küste.

Gegen Mittag, (ich sagte Mrs. Blyton, ich würde im College Mittag essen), schlenderte ich zu Lucys Fish and Chips Restaurant.

Sie sah mich schon von weitem und rief: "What's your bet, love?"

Und ich rief zurück: „As usual, please", oder „The same as every day, Lucy", oder „I bet your fish, Lady. "

Ich hatte keine Ahnung, ob das stimmte, aber Lucy hatte mich verstanden und gab mir eine extra große Portion. Später kam sie zu mir mit Cola und Zigaretten, und wir quatschten eine Weile.

Sie war immer komisch angezogen. Es war eindeutig, dass sie pink, lila und eng bevorzugte und sie war nicht gerade schlank. Sie sah aus wie ein Lutschbonbon in Seidenpapier oder eine hügelige Landschaft.

„Was machst du morgen Nachmittag?", fragte sie in ihrem Englisch, das klang, als würde sie in eine leere Schüssel sprechen.

„Weiß nicht, warum?"

„Ich habe frei, und auf dem Sportplatz ist eine Kirmes."

Also Kirmes heißt fair und ich musste es in meinem Wörterbuch, das ich jetzt immer in meiner Hosentasche parat hatte, nachblättern.

Lucy lachte: „You're the dictionary freak, you are! "

"And you the fairy freak!" gab ich zurück und lachte auch.

„So are you coming, German?"

"Yes, I'll come, Lucy in the Sky."

„Freaky German", sagte sie und wurde rosa wie ihr Pulli.

17.

Lucy wartete auf mich vor dem Eingang in einer durchsichtigen Pracht, high heels und einem stolzen Gebilde auf dem Kopf. Sie sah aus wie die Zuckerwatte, die wir uns dann am Eingang gekauft hatten.

Es gab ein ziemliches Gedränge auf dem Platz. Ganze Horden Jugendlicher mit Bierflaschen und Luftballons grölten durch die Kirmes. Damit wir uns nicht verlieren, schlenderten wir Hand in Hand durch die Wege und beratschlagten, welche Attraktionen wir besuchen wollten. Zum Glück hatte ich noch das Geld vom Wochenende übrig. Mich zog es zum Breakdance, dem Autoskooter und zum freien Fall. Aber Lucy liebte die Gruselkabinetts, Schießbuden und kaufte ohne Ende Lose. Schließlich gewann sie einen hellblauen gigantisch großen Teddybären, den sie aber gleich in irgendeiner Gondel sitzen ließ.

„Macht nichts, ich habe schon mindestens fünf andere zu Hause", meinte sie sorglos und ich musste an Mrs. Blytons Puppen denken.

Durch das house of horror mussten wir zweimal fahren. Das erste Mal schloss Lucy vor Angst die Augen und hatte folglich nichts gesehen. Das zweite Mal legte ich meinen Arm um sie und drückte sie fest an mich, damit sie sich nicht fürchten musste. Von unserem letzten Geld teilten wir uns noch eine Cola und gingen langsam Richtung Ausgang.

An einem Schießstand trafen wir auf eine Gruppe Jugendliche, die Lucy offensichtlich kannten. Drei Jungs und vier Mädchen. Sie waren nicht gerade die Typen, mit denen ich normalerweise rumhängen würde. Alle hatten diese Kapuzenshirts und rasierte Schädel, die Mädels waren mit Schminke übel zugerichtet. Sie hatten auch schon einiges intus und schauten mich mit ihren glasigen Augen an. Oder ignorierten mich eher, obwohl mich Lucy ihnen vorstellte. Ein kleiner, aber stämmiger Typ küsste Lucy zur Begrüßung auf die Wange und ein anderer, der eine Tätowierung am Hals hatte, sagte etwas dazu, woraufhin der Rest wie eine Horde Esel grölte.

„Stupid idiots", meinte Lucy und zog mich von ihnen weg.

„Hug me", sagte sie. Da ich nicht reagierte, weil ich nicht verstand, was sie von mir wollte, nahm sie meine Arme und legte sie auf ihre Schulter, dann umarmte sie mich und wir küssten uns. So einfach auf der Kirmes, in der Mitte des Weges, vor der Gruppe grölender Halbstarker. Aber mir war es egal. Oh Engelhard, wenn du wüsstest! Dachte ich.

Es wäre möglich gewesen, dass er bei mir war und ich konnte ihn nicht sehen. Denn ich befand mich nicht im Zustand der äußersten Verzweiflung…

Es war schon dunkel, als ich Lucy nach Hause brachte. Lucy wohnte in einer engen Straße mit Kopfsteinpflaster, die Häuser waren hier nur einstöckig, sehr eng aneinandergeklebt, mit Gestrüpp und Brennnesseln im Vorgarten und überfüllten Mülltonnen.

„Here we are", sagte Lucy und schaute mich erwartungsvoll an.

„So then, good bye", mir fiel nichts Besseres ein, und irgendwie hatte ich das Gefühl, hinter den schmierigen Fensterscheiben verbarg sich Ärgernis, dem ich nicht begegnen wollte.

„Bye", sagte ich noch mal und machte einen Schritt zurück. Aber Lucy hielt mich fest und zog mich an sich. Wir küssten uns. Sie war weich, schmeckte nach Erdbeeren und ganz leicht nach Fisch.

Ein Lichtstrahl und eine laute Stimme rissen uns jäh aus unserer Umarmung.

„Lucy! Com in! You'r bloody late, you dirty bitch ya!"

In der Tür stand ein Mann im Muskelshirt, tätowierten Armen und wüstem Gesicht.

Lucy zuckte zusammen, flüsterte: „See you tomorrow", und verschwand im Haus.

Die Tür ging mit einem Knall zu. Ich machte, dass ich wegkam.

Später in meinem Bett, umgeben von glotzenden Puppen, lag ich noch lange wach und dachte an den heutigen Tag zurück. Ich überlegte, ob ich Lucy überhaupt noch sehen wollte. In ihren Rüschen und rosa Plüsch. Ich wollte sie nicht benutzen, nur weil ich hier niemanden hatte, aber auch nicht beleidigen. Aber es fühlte sich gut an, mit ihr zusammen zu sein. Mit ihr war es so unkompliziert. Ich musste nicht viel tun, nicht viel sagen. Sie mochte mich either way, auch stumm, wie sie sagte.

Am nächsten Tag hatte ich die Wahl, in die Schule zu gehen oder am Strand sitzen und eventuell später bei Lucy vorbeischauen. Das Wetter war so lala, auch das nahm mir die Entscheidung nicht ab. Ich verschob meine Entscheidung bis nach dem Frühstück. Danach war ich immer noch nicht klar. Als ich aber zur Bushaltestelle kam, war der Bus bereits weg. Also entschied ich mich, den ganzen Weg zu Fuß zu laufen. Es war klar, dass ich dann zu spät komme.

Am Strand war es verdammt windig und ungemütlich, ich fror mir einen ab und machte einen großen Bogen um den Verkaufsanhänger. Irgendetwas war aber anders. Das war nicht Lucy, die hinter der Theke stand. Ich konnte nur einen dunklen Fleck ausmachen. Das konnte nicht die farbenfrohe Lucy sein. Oder hat sie den Style gewechselt?

Das war nicht zum Aushalten! Als ich näherkam, sah ich einen bärtigen Mann in einem blauen Kittel und einer Kochmütze auf dem Kopf.

Nachdem ich mein Fish and Chips gegessen hatte, brachte ich den Pappteller zurück, was total blödsinnig war, denn ich hätte ihn direkt in den Mülleimer entsorgen können. Ich suchte nach einem Vorwand, um mit dem Typ quatschen zu können.

„Thanks", sagte ich. „The fish was very good. "

„Yyyyyahhhh", kam zurück.

„Lucy is not here today?"

„Sick."

„Aha, thank you, bye."

Das war eigenartig, gestern war sie noch ganz fit. Mich beschlich ein komisches Gefühl. Vielleicht sollte ich nach ihr sehen, dachte ich.

Am Tag sah die Straße noch trostloser aus, als gestern Abend. Der Putz blätterte von den Häusern ab, die Fenster waren dreckig, die Vorhänge grau. Ein paar Rotznasen spielten auf der Straße Fußball. Ich lehnte mich an einen Baum, der gegenüber dem Haus, in dem Lucy wohnte, stand. Oben im ersten Stock hing in einem der Fenster ein rosa Herz mit einem LOVE Leuchtsignal in der Mitte. Das war hundertprozentig Lucys Fenster. Aber ich traute mich nicht zu klingeln. So trollte ich mich nach einer Weile wieder.

Am folgenden Tag marschierte ich schnurstracks zum Fish and Chips Anhänger, obwohl es erst neun Uhr war. Und von weitem sah ich Lucy. Obwohl sie mich auch schon sehen musste, winkte sie mir nicht zu. Im Gegenteil, sie suchte geschäftig etwas unter dem Tresen.

„Hy Lucy!", rief ich außer Atem.

Sie tauchte wieder auf. Sie war so angezogen wie immer, aber ihre Haare hatte sie offen, so dass sie ihr ins Gesicht fielen und auf der Nase trug sie eine dunkle Sonnenbrille, obwohl der Himmel bedeckt war.

„Hello, Pete, what's your bet today?", sagte sie ganz leise.

„Two Colas, please."

Sie schenkte ein und ich trug die Gläser zum Stehtisch. Nach einer Weile kam sie zu mir, zündete sich eine Zigarette an und versuchte zu lächeln.

„Was ist passiert?"

Aus der Nähe konnte ich sehen, dass ihr linkes Auge geschwollen war.

„Immer dasselbe, es ist immer dasselbe", schluchzte Lucy, und Tränen liefen ihr über die Wangen. Sie fing sie mit ihrer Zunge auf und zog eine Papierserviette aus der Tasche.

Was sollte ich dazu sagen?

Sie putzte sich die Nase, schaute sich um und sagte: „Ich muss wieder an die Arbeit, sonst flieg ich, und das gibt noch mehr Stress." Sie zog ein Stück Papier, auf dem eine Zeichnung war, aus der Tasche und schob es zu mir hinüber.

„Komm heute Abend um Neun dahin. Hier ist unsere Straße, und hier hinter den Häusern in einem Bauwagen warte ich auf dich."

Sie gab mir einen flüchtigen Kuss auf die Wange und flüsterte: „Please come honey."

An der Rückseite der Häuser waren kleine Gärten, die aber nicht besonders gepflegt aussahen, überall hing graue Wäsche auf langen Wäscheleinen, und der Rasen sah gequält aus. Entlang der Gärten lief eine Bahnstrecke, die aber nicht mehr benutzt wurde, denn die Schienen waren mit Unkraut überwuchert. Direkt dahinter breitete sich der Autofriedhof aus, auf dem irgendwo ein Bauwagen stehen sollte. Ich kletterte über den Zaun und schlich mich an den Autobergen vorbei. Um mich herum lauter alte Karren, eine Schatzkiste voller Autoteile, eine wahre Goldgrube! Ich sah Fords und Vauxhalls in allen Ausprägungen, Minis, Pickups, MGs und sogar einen eingequetschten Rolls. Mann, wenn ich könnte, würde ich mir hier ein Auto basteln. So viel Schönheit auf einem Haufen! Aber da sah ich schon ganz hinten neben einer Scheune den Bauwagen. Das kleine Fenster war milde beleuchtet.

Wie auf Befehl öffnete sich die Tür, und Lucy winkte mir zu. Ich stieg die drei Stufen zu ihr hinauf und überreichte ihr ein Strauß blauer Wiesenblumen, die ich unterwegs gepflückt hatte. Es kam mir etwas zu romantisch vor, aber Lucy strahlte und nahm sie entgegen, als wären es mindestens Rosen oder Lilien.

Im Inneren des Wagens war es ganz okay. Alte Kisten dienten als Tisch und Hocker, eine Matratze mit einer Decke als Überwurf lag in der Ecke und ein portables Radio mit CD-Spieler. Ein Rock war als Vorhang über das einzige Fenster gehängt. Überall brannten Teelichter. Auf der Kiste, die als Tisch diente, stand eine Flasche Sekt.

„Is it your birthday?", fragte ich sie und kam mir bescheuert vor.

„That's for the guest. "

„You have guests? "

„No, never, you silly German apple pie. You are my guest."

Sie schenkte ein.

„Cheers." Wir prosteten uns zu. Dann war es still.

Lucy setzte sich auf eine Holzkiste und bedeutete mir, die andere zu nehmen. Ich setzte mich und wir tranken wieder einen Schluck.

„Was ist mit deinen Augen? Warst du deswegen gestern krank?"

„Ah, nicht der Rede wert, ist schon wieder besser", winkte sie ab.

Ich stand auf und kniete mich neben ihren Hocker.

„Zeig mal, setz die Brille ab."

„Nein, lass mich. Es ist alles in Ordnung."

Sie stand auf und drückte den Knopf des CD-Players.

„Arctic monkeys, kennst du sie?"

„Ja, klar. Wohnst du jetzt hier?"

„Nein, das ist unser Geheimort. Meine Freundin Jane und ich haben es gefunden und uns hier eingerichtet. Aber wir dürfen erst spät abends hierher, wenn der Autofriedhof zu hat. Keiner weiß davon, nur ich, Jane und jetzt du."

„Und deine Eltern?"

„Die denken, ich bin schon im Bett."

Lucy kicherte, setzte sich auf die Matratze und klopfte auf den Platz neben sich.

„Setz dich."

Ich nahm die Gläser mit und setzte mich neben sie. Wir tranken wieder einen Schluck. Dann nahm ich ihr das Glas aus der Hand, so wie ich es im Film schon tausendmal gesehen hatte und stellte es weg. Ich küsste sie, denn ich wusste, dass gehörte sich so. Heute schmeckten ihre Lippen nach Pfirsich Maracuja. Als ich die Augen aufmachte, glotzte ich direkt in die dunkle Sonnenbrille. Das nervte, denn ich sah mein dämliches Gesicht innen drin gespiegelt. So nahm ich ihr die Brille ab und das schnell, damit sie sich nicht wehren konnte.

„Nein, lass es!", schrie Lucy und hielt sich die Hände vor die Augen.

„Lucy, es macht mir nichts aus! Lass mal sehen!" Und dann kapierte ich verpeilter Idiot endlich.

„Lucy, was ist denn passiert, hast du wegen mir Stress mit deinem Vater gehabt?"

Sie nickte zerknirscht, und ohne Vorwarnung fing sie an, fürchterlich zu heulen. Ich war geschockt. Ich meine, ich hatte so was auch schon oft in der Glotze gesehen, dass die Weiber heulten und so. Aber so in natura haute es mich komplett um. Wie tröstet man eine heulende, rosa Zuckerpuppe, ohne dass man sie zerknüllt? Dazu war ich noch sprachlos. Denn was war das für ein Vater, der seine Tochter schlägt? Lucy versuchte nicht mehr, ihre Augen zu verstecken und ich sah ein blaugrünes Veilchen auf dem linken und einen Bluterguss über dem rechten Auge.

Natürlich hatte ich schon davon gehört, dass Eltern ihre Kinder schlagen. Meine Mutter hatte manchmal mit solchen Leuten beruflich zu tun. Aber Lucy! Das liebe, fröhliche Mädchen? Wer tut so was? Ich war wütend, gleichzeitig aber stockte mir der Atem. Was ist, wenn der Alte hier aufläuft? Lucy hatte Nerven, nach so etwas aus ihrem Zimmer abzuhauen. Was ist, wenn er in ihr Zimmer geht, um ihr Gute Nacht zu sagen? Dann erschrak ich noch mehr. War es jetzt angebracht, dass ich Lucy räche? Quatsch, wir sind nicht im Mittelalter. tröstete ich mich. Ich war vollkommen ratlos, saß dort neben ihr und hätte mit ihr heulen können.

„Er war schon wieder betrunken. Das macht er nur, wenn er getrunken hatte, sonst ist er sehr lieb."

„Nur wenn er getrunken hat? Du meinst, er hat dich schon mal verprügelt?"

Lucy schüttelte stumm den Kopf.

„Und deine Mutter?"

Lucy zuckte nur mit den Schultern.

Du lieber Himmel, was war denn das für eine Familie? Meine Eltern hätten mich nie geschlagen, obwohl ich sie schon öfters gewaltig provoziert hatte. Nicht einmal eine Ohrfeige war drin. Sogar meine drakonische Schwester pflegte mich mit anderen Mitteln zu quälen.

„Lucy, arme Lucy", war alles, was ich dazu sagen konnte. Lucy weinte nur leise neben mir.

Mangels Taschentuch zog ich mein T-Shirt aus und tupfte ihr damit vorsichtig die Tränen von den Augen. Sie schaute mich so verzweifelt an, dass sich mein Herz vor Schmerz zusammenzog. Gleichzeitig aber musste ich lachen, dann mit den farbig umrandeten Augen sah sie wirklich ulkig aus.

„Du siehst aus wie ein kleines Äffchen." Kaum sprach ich es aus, erschrak ich. Ich wollte sie nicht beleidigen und noch mehr zum Weinen bringen.

Aber zur meiner Überraschung lachte sie mit und ahmte ein Äffchen nach: „Uh, uh, uh, uh. Und du Tarzan?" Sie piekte mit ihrem Finger in meine nackte Brust.

„Uhaaaa", schickte ich einen Tarzanschrei in die Welt.

„Pst! Nicht so laut!" Lucy legte mir den Finger auf den Mund. Und dann, ich weiß nicht, was sie gemacht hatte und ob sie überhaupt etwas gemacht hatte, aber irgendetwas passierte mit mir; ich musste sie in den Arm nehmen und ich musste sie küssen. Das heißt, wir küssten uns, denn wir waren beide gleichlaufend im Einklang, oder vielleicht ferngesteuert.

Einen kurzen Augenblick lang hatte ich die Idee, dass Engelhard die Finger im Spiel hatte. Denn das letzte Mal hatte ich ein ähnliches Gefühl, als mich die Windböe bis zur Schule trug oder als ich mit seiner Hilfe mit dem

Skateboard Überschläge machte. Aber dann dachte ich an gar nichts mehr.

„Ich bringe dich hier weg", sagte ich zu Lucy.
Wir lagen immer noch auf der Matratze im Bauwagen, obwohl es schon nach Mitternacht war. Ich wusste nicht, wie ich überhaupt nach Hause komme. Aber das war mir egal.
„Wenn ich aus der Schule raus bin, dann haue ich ab. Aber jetzt kann ich noch nicht, ich bin noch nicht volljährig."
„Du arbeitest doch schon, dann bist du doch selbständig oder nicht?"
„Das ist nur in den Ferien, im Herbst muss ich noch ein Jahr in die Schule, und das Geld brauchen wir. Mein Vater ist schon seit fünf Jahren arbeitslos."
„Was? Du gibst das Geld zu Hause ab?"
Lucy atmete nur tief ein, sagte aber nichts.
„Lucy, ich hole dich hier raus, versprochen. Wir hauen zusammen ab."
„Ist es dein Ernst, Pete? Versprichst du es mir?"

Als ich gegen drei Uhr morgens Lucy half, über die Leiter in ihr Fenster zu klettern und dann mit den Händen in der Tasche nach Hause stapfte, fühlte ich mich wie ein Hobo, dem die Welt gehört. Ich war fest entschlossen, Lucy vor diesem Horror zu schützen, sie hier rauszuholen. Ich war zu allem bereit, und wenn ich sie heiraten müsste. Würde es ihr denn in Deutschland gefallen? Oder sollten wir lieber hierbleiben? Ich könnte ja Deutsch unterrichten oder auf der Straße Gitarre spielen. Auf die Schule pfeifen, keine schlechte Aussicht.

Lucy erzählte, dass ihr Vater sich keine Hoffnungen mehr auf ein besseres Leben macht. Er meinte, es gäbe Leute, die arbeiten und Leute, die Geld machen und dann die, die für sie den Boden pflastern. Ab und an stolpert einer von den Reichen über einen Pflasterstein, aber meistens trampeln sie nur auf ihnen herum. Das war eine düstere Vision. Es war beruhigend zu wissen, dass wir nicht die Pflastersteine waren. Ich meine, meine Familie und ich. Ich könnte auch meine Mutter um Geld anhauen, sie wird mich bestimmt verstehen. Sie hatte was für Pflastersteine übrig.

18.

Auf einmal wurde ich mir meiner Füße bewusst. Irgendwo am Ende meines Körpers stellte sich jemand auf meinen Fuß. So lang bin ich, dachte ich noch und schaute einem, der mir gegenüber im Bus stand, ins Gesicht.

„Wenn du heil nach Hause kommen willst, dann lässt du die Finger von ihr und gehst wieder jeden Tag zur Schule, wie es sich gehört!"

Vor mir stand ein Typ mit Runzelstirn und Panzeraugen. Ich taumelte und hielt mich an der Stange fest.

„Was? Wie bitte? Was geht hier ab?"

Als erstes dachte ich, ein entfernter Cousin von Lucy hatte von unserer Beziehung Wind gekriegt und wollte mir jetzt drohen. Dann aber fiel mir auf, dass er Deutsch mit mir sprach.

Doch seine Aufmachung war eher hiesig und höchst peinlich: Schottenrock, Krawatte, dunkelblauer Blaser, bloß der Dudelsack fehlte.

„Was hier abgeht? Wir konnten es uns von oben nicht mehr ansehen."

„Wer wir? Wie von oben?"

„Stell dich nicht noch dümmer an, als du schon bist."

„Wer bist du, Himmel noch mal! Was willst du von mir?"

Ich wurde leiser, denn die Leute im Bus drehten bereits ihre Köpfe und glotzten uns an.

„Ich bin die Vertretung."

„Die Vertretung?" Er ließ sich alles aus der Nase ziehen.

„Spar dir die Fragen. Ich bin die Vertretung für Engelhard."

„Ha, genau! Wo ist Engelhard? Der soll schnell hier antanzen, ich brauche ihn!"

„Der ist anderweitig beschäftigt. Jetzt musst du dich mit deinem Anliegen an mich wenden."

Ich war von allen guten Geistern verlassen.

„Ja, also mein erstes Anliegen ist, dass du von meinem Fuß heruntergehst, das tut weh."

Er nahm seinen Fuß weg. Der Bus hielt gerade und ich, einer ersten Eingebung folgend, sprang heraus und beeilte mich. Ich wollte weg von diesem Individuum.

An der nächsten Ecke holte er mich ein und blieb an mir kleben. Ich hielt abrupt an, er auch.

„Hör mal, du Nerd, chill ab, lass mich in Ruhe, ich habe schwerwiegende Dinge zu erledigen! Du störst!", giftete ich ihn an. Wenn Engelhard hier wäre, dann wäre das eine andere Sache. Aber auf so einen Saubermann konnte ich verzichten.

„Gerade deshalb bin ich hier. Das mit Lucy muss aufhören, misch dich da nicht ein!"

„Hör mal, ich habe eine Verantwortung für das Mädchen, misch du dich nicht ein!"

„Was für eine Verantwortung? Im Gegenteil, das, was du treibst, ist verantwortungslos! Was ist, wenn sie schwanger wird? Bei diesem Vater! Sie ist erst fünfzehn! Mit einem Kind am Bein, wird sie noch mehr Probleme bekommen, als sie jetzt schon hat. Willst du sie in noch mehr Schwierigkeiten bringen?"

Dieser Typ war so gut informiert, dass es tatsächlich nur einer dieser himmlischen Clowns sein konnte, und das ärgerte mich.

„Was willst du denn von mir? Ich habe keinen Einfluss auf das Elend, in dem sie lebt. Warum unternimmt der

Himmel nicht etwas dagegen? Wie könnt Ihr überhaupt so etwas zulassen! Warum tut niemand etwas?"

„Das verstehst du nicht, die Zusammenhänge sind anders."

„Das verstehe ich sehr wohl! Ich sehe hier ein liebes Mädchen, das von ihrem versoffenen Vater geschlagen wird und auch noch arbeiten muss, damit ihre Familie überhaupt was zum Essen hat! Wo ist ihr Schutzengel, du Komiker! Das Einzige, das ihr von da Oben könnt, ist in seltsamen Klamotten aufzutauchen!"

Dieser himmlische Polizist ging mir auf die Nerven.

„Und überhaupt, Engelhard ist für mich zuständig. Ich rede nur mit ihm, mit dir sicherlich nicht! Verzieh dich!"

Er stand vor mir, ganz gerade, wie ein Soldat. Dass er nicht salutierte, war ein Wunder. Ich hatte ihn an die Wand geredet, das sah ich, drehte mich um und ließ ihn stehen.

Als ich mich von ihn entfernte, krabbelte ein schrecklicher Gedanke an meinem Rücken hoch: Was ist, wenn Lucy tatsächlich schwanger wird? Oder bereits ist! Geht es so schnell? Ich meine, ja. Himmelarschundzwirn! Der Schotte hatte vielleicht sogar Recht! Konnte es sein, dass die Empfängnis da oben schneller bekannt wurde als hier unten? Also, wenn es jemand wusste, dann dieser Erzengel.

Als ich mich umschaute, stand er schon wieder dicht hinter mir und ich packte ihn am Kragen: „Sag mal, ist sie das denn schon?"

„Was?"

„Na das, was du gerade erwähnt hast!"

„Das tut nichts zur Sache."

„Ach, du Phrasenbündel! Natürlich tut es das! Oh ich Idiot, was hatte ich da getan?" Ich fing an, im Dreieck zu springen.

„Sei nicht hysterisch und fass mich nicht an!" Er richtete seine Krawatte. „Und schau dir an, was du in der letzten Zeit alles angerichtet hattest…"

„Aber…"

„Nichts aber!" Ein Blick aus seinen Panzeraugen genügte, mich im Zaun zu halten.

„Ab sofort änderst du deine Lebensgewohnheiten! Und das grundsätzlich: Du stehst morgens früh auf, gehst joggen und duschst kalt. Du isst mäßig, nicht mehr so schlingen wie bisher, gehst regelmäßig ins College, erledigst deine Hausaufgaben, lässt die Puppen von Mrs. Blyton in Ruhe, machst einen großen Bogen um den Fish and Chips Wagen, schreibst jeden Tag eine E-Mail an deine lieben Eltern und abends konversierst du mit Mr. und Mrs. Blyton über das Wetter, die Blumen und die Sehenswürdigkeiten von Bournemouth!"

„Amen."

„Sei nicht frech!"

Wir leben in einer Demokratie! Ich war ein freier Mensch, ich konnte tun und lassen, was ich wollte! Dieser seltsame Auftritt war sicher einer von Engelhards bekloppten Witzchen. Genau! Engelhard verkleidete sich gern. Es war durchaus möglich, dass er sein Aussehen ebenfalls verändern konnte. Die hatten es jedenfalls drauf, die Himmlischen! Ich musste nur an die Nummer mit dem Skateboard denken, oder an den Flug in die Schule. Die reinste Zauberei!

Ich beschloss, dieses pubertäre Spielchen zu ignorieren und steuerte entschieden den Strand an. Auf dem Weg dahin traf ich dann aber auf einen der Spanier mit der gespaltenen Zunge.

„Hello Pete, had you been sick last week? We missed you."

Ich verstand kaum, was er sagte. Bei jedem „s" kam ihm die Zunge in die Quere, wie bei einem Kleinkind.

„Yes, I was sick", antwortete ich barsch und fluchte innerlich. Jetzt musste ich in die Schule, war klar. Egal, ich überlebe es irgendwie und gehe dann heute Nachmittag zum Strand, tröstete ich mich.

Im Unterricht war ich nicht gerade konzentriert, denn ich hatte noch keinen Plan, wie ich Lucy helfen konnte. Mir fehlte das Wesentliche - das Geld. Ohne Geld kommen wir nicht weit. Vielleicht sollte ich mich doch mit einem Hut in die Fußgängerzone setzen. Auch wenn es mich viel Überwindung kostete, nahm ich mir vor, gerade das zu tun.

Als Mrs. Stone uns die Hausaufgaben diktierte, schrieb ich stattdessen in mein Heft (nur aus Spaß und um Engelhard, der mir bestimmt über die Schulter schaute, zu ärgern):

1)	Lucy verführen
2)	Schottischen Engeling austricksen
3)	Eine Bank überfallen
4)	Mit Lucy nach Hause schwimmen

Aber so richtig über meine Witze lachen konnte ich nicht. Die Bemerkung, dass Lucy eventuell schwanger sein könnte, beunruhigte mich. Ich musste sie dringend sprechen und herausfinden, ob sie die Pille nahm. So direkt fragen wollte ich nicht. Wie hieß es denn eigentlich auf Englisch? „Do you take pills?" Und wenn nicht? Wie war es denn eigentlich? Ab wann konnte sie es wissen? Ehrlich gesagt, kam es mir bescheuert vor, sie jetzt zu fragen. Das hätte ich vorgestern tun müssen.

Einen kurzen Augenblick dachte ich daran, mich an die Anweisungen des Ersatzengels zu halten und mich lieber zu verdünnisieren. Denn so sicher, dass es nur Engelhards Streiche waren, war ich mir nicht. Er hätte es auch niemals so lange ausgehalten, ohne sich zu zeigen.

Aber Weglaufen war nicht meine Art. Oder doch? Nein! Ich hatte Lucy ein Versprechen gegeben, und ich werde ihr helfen. Ich lass mir von einem hergelaufenen Röckchenträger nichts befehlen. Es stand fünfzig zu fünfzig, dass sie nicht schwanger war.

Das mit der Fußgängerzone verschob ich auf morgen. Jetzt musste ich bei Lucy vorbeischauen. Es zog mich dahin wie ein Magnet, oder wie den Täter zum Tatort. Ich erhoffte mir irgendein Zeichen ihrer Schwangerschaft, respektive ihrer Nicht-Schwangerschaft. Irgendwo hatte ich gehört, dass Frauen sich durch den Hormonschub anders benehmen würden. Ich wusste zwar nicht wie anders, aber wenn Lucy zum Beispiel in einem lockeren dunkelbraunen Sack erschien, oder hinter dem Fish and Chips Wagen andauernd kotzte, wäre es schon ein Zeichen. Wenn sie so wäre immer, konnte ich hoffen.

Als ich aber zur Strandpromenade kam, war der Anhänger weg und Lucy natürlich nicht da. Das hatte ich nicht erwartet. Alles, nur das nicht. Ich rannte die ganze Gegend auf und ab, denn sie hätten leicht umgezogen sein können. Schließlich war es ein Wagen auf Rädern. Aber der Wagen war weg. Nur ein überfüllter Mülleimer mit eindeutigem Fischgeruch stand noch da.

Ich rief Lucy aufs Handy an. Vergebens. Nicht einmal die Mailbox sprach zu mir. Es blieb nur eine letzte Möglichkeit: zu ihr nach Hause zu gehen. Also machte ich mich auf den Weg. Während ich durch die Straßen eilte, sah ich diese stummen lauernden Panzeraugen meines Ersatzschutzengels überall; hinter jedem Fenster, im Bus, hinter jeder Ecke, überall.

Als ich in Lucys Straße ankam, fand ich ihr Haus nicht wieder. Das heißt, ich war mir nicht sicher, ob es überhaupt die richtige Straße war, denn es gab hier eine ganze Gegend solcher Straßen. Sie sahen sich alle ähnlich: eng, dunkel, grottig und ohne Besonderheiten, an denen man sich hätte orientieren können. Schließlich versuchte ich es mit dem Autofriedhof, aber auch den fand ich nicht. Den Zettel mit der Beschreibung hatte ich nicht mehr. Als ich einen alten zahnlosen Mann nach einem car cemetery fragte, schüttelte er nur den Kopf und ließ mich stehen.

Dann hatte ich eine Idee: ich ging zurück in die Stadt bis zu der Straße, an die ich mich noch erinnern konnte, und versuchte den Weg, den ich damals mit Lucy zusammengegangen bin, zu rekonstruieren. Aber auch das half nicht. Black-out. Ich klapperte jede verdammte Straße von diesem Slum ab, brach mir fast das Genick, da ich nach Lucys leuchtendem Herz mit der Leuchtschrift LOVE Ausschau hielt. Doch ich fand die blöde Straße nicht. Dann geriet ich in Panik. Hier ging es nicht mit rechten Dingen zu! Das hatte bestimmt dieser Schottenschreck arrangiert, eine unerträgliche Nervensäge!

Ohne große Hoffnung versuchte ich es noch einmal, Lucy anzurufen, ohne Erfolg. Langsam wurde ich wütend. Was habe ich denn so Schlimmes getan, verdammt? Mit Engelhard konnte man diskutieren. Wir waren gleichberechtigt. Aber dieser blasierte under cover Ersatzengel spielte sich hier auf wie der liebe Gott selbst.

Ich schloss die Augen und dachte verzweifelt an Engelhard, verzieh ihm alles, versprach sogar… Nein. Das konnte ich nicht versprechen. Verzweiflung überkam mich. Ja die hochgradige Verzweiflung! Die beste Voraussetzung, den Schutzengel zu erblicken! Aber als ich die Augen aufmachte: nichts, gar nichts.

Also zurück zum Strand. Vielleicht stand der Wagen wieder an seinem Platz. Zurück von der Reparatur oder so. Aber vom Weiten sah ich nur Sand, das Meer und die zugeklappten Liegestühle. Der Platz war leer.
„Wo bist du, du schottische Niete, du Feigling? Lass dich blicken!", schrie ich gegen die Flut. Der Verzweiflung nahe fand ich einen Stock und schrieb in großen Buchstaben in den Sand:

KOMM HINUNTER, DU FEIGLING!
ZEIG DICH, WENN DU DICH TRAUST!
Und so weiter. Aber der Himmel blieb still. Nur die Möwen kreisten kreischend über meinem Kopf. Kein Engelhard, kein Ersatzengel.

Erschöpft setzte ich mich auf meinen Stein der Weisheit und starrte auf das graue Meer. Vor vier Wochen, als mich die Bullen erwischt hatten, dachte ich, schlimmer kann es nicht mehr kommen, aber es kam noch schlimmer. Bisher sah meine momentane Bilanz haarsträubend aus:

Peter Bester, fünfzehn einhalb Jahre alt, also fast sechzehn, hatte einen Schutzengel, der mich mit meiner besten Freundin Mutu betrogen hatte oder noch betrug. Er war nicht an meiner Seite, sondern trieb sich irgendwo im Paradies herum und hatte mich vollkommen vergessen. Mein Vater betrog meine Mutter mit Sandra, die mir zu allem Übel auch gar nicht schlecht gefiel. Ich hatte in einem Moment geistiger Umnachtung ein fünfzehnjähriges Mädchen geschwängert und wurde von einem schottischen Terror-Engel verfolgt. Was hatte ich denn überhaupt, auf was ich mich verlassen konnte?
Noch nie im Leben fühlte ich mich so allein.

19.

Als ich nach Hause kam, war ich so deprimiert und gleichzeitig so wütend, dass ich am liebsten den Puppen auf meinem Bett die Hälse umgedreht hätte. Ich kam mir vor, als würde ich ständig gegen eine Betonwand rennen. Was denkt Lucy von mir, dass ich mich nicht blicken lasse? Aber warum war der Verkaufswagen verschwunden? Warum ging sie nicht ans Handy? Der einzige Ausweg war, mit Mutu Kontakt aufzunehmen und über sie an Engelhard zu kommen. Das war das einzige, was ich noch tun konnte. Vielleicht war das der Weg. Dieser Plan beruhigte mich. Endlich schlief ich ein.

Am Morgen nahm ich zwar den Bus zur Schule, wollte aber im Zentrum aussteigen und ein Internet-Café suchen. Zum Glück hatte ich mir Mutus E-Mail-Adresse eingeprägt: ollestube-mutu@online.de.

Im Bus stand ich hinter einem Typ, der mir irgendwie bekannt vorkam. Er hatte eine blaugelb karierte Hose an und ein schwarzes T-Shirt. Auf dem Rücken des T-Shirts war so ein Ornament abgedruckt: zwei Flügel und drunter in weißen Druckbuchstaben stand: *mind the rules!* Zwei Flügel und eine Mahnung: beachte die Regeln! So was konnte nur einer tragen und zwar mein fieser Schatten-Schotte. So, jetzt reichte es mir! Ich nahm ihn an der Schulter und drehte ihn mit einem heftigen Ruck zu mir.
„So du Wicht, du raffst es immer noch nicht, mein Schutzengel ist Engelhard!"

Aber die Worte blieben mir im Hals stecken. Der Typ, dem ich in die Augen schaute, war mir absolut unbekannt. Er glotzte mich auch total erschrocken an.

„Oh, sorry, I thought you were someone else", laberte ich entschuldigend und war froh, dass der Bus gerade hielt und ich verschwinden konnte. Oh wie peinlich. Zum Glück hatte ich ihn auf Deutsch angesprochen, so dass er nicht verstehen konnte, was ich gesagt hatte. Hoffentlich!

Ein Internet-Café fand ich auch nicht, setzte mich also auf eine Bank und fing an, eine SMS an Mutu zu schreiben. Und plötzlich machte mein Display puff! und mein Handy gab auf.

„Du kannst es nicht lassen, oder?"

Neben mir auf der Bank saß der Schotte und durchbohrte mich mit seinem Blick.

„Wo ist Engelhard? Also, ich meine, wo ist mein persönlicher Schutzengel?

„Wie gesagt, er kann nicht, ist beschäftigt, very busy, wenn du verstehst."

„Aha, deshalb bist du hier, weil du Englisch lernen willst! Ohne mich Kumpel!"

„Halt die Klappe und beschäftige dich nicht mit Nebensächlichkeiten!", fuhr er mich an. „Ihr beide, du und dein Engelhard, bringt die ganze kosmische Ordnung aus dem Gleichgewicht! Weder er noch du hält sich an die Regeln!"

„Spar dir die Predigt! Alles hat bisher fehlerlos funktioniert, bis du kamst! Du bist überhaupt kein Schutzengel, du bist eine Plage!"

„Was du nicht sagst, alles hat funktioniert! Ich rate dir, halte dich an mich. Ich bin Gold wert, ich weiß, was für dich gut ist und was ungut. Eigentlich solltest du jetzt zu Hause sein und nicht hier."

„Meine Worte! Genau, ich will nach Hause! Ich will zu Engelhard, uns fällt schon was ein, wie wir Lucy helfen können. Und ich muss die Sache mit meinem Vater zu Ende bringen und Mutu…", ich stockte. „Mutu wundert sich bestimmt, wo ich bleibe."

„Ja, sehr gut! Aber warum bist du hier? Weil du dich nicht an die Regeln gehalten hast, unerlaubt einen Roller gefahren bist und weil du in Englisch…"

„Du raffst das nicht! Du meinst, du weißt, was abgeht? Nichts weißt du! Nichts von Mutu, nichts von Lucy und nichts von mir und Engelhard. Du hast keine Ahnung, du Himmelsfurz! Verdufte, fahr hoch und melde, dass es genug andere gibt, um die du dich kümmern solltest!" Ich schrie so laut, dass die Leute, die an uns vorbeigingen, die Köpfe nach mir drehten.

„Ich kann es nur wiederholen: tu, was ich sage, kommt Zeit, kommt Rat." Er stand auf und ging. Er ließ mich wieder dort sitzen, mit seinen blöden Ratschlägen und seiner Besserwisserei.

Als ich aufwachte, ging es mir übelst schlecht. Ich wusste nicht, ob ich noch träumte oder wach war. Jedenfalls lag ich am Strand, fror und sah schwammig eine Person, die auf mich zukam und mit einem Zettel oder Brief in der Hand winkte.

Was war denn gestern Abend los? Was ist passiert? Langsam kamen die Erinnerungen zurück:

Die Typen, die Lucy und ich auf der Kirmes trafen, kamen auf mich zu und laberten mich voll. Ich verstand nur Bahnhof, war aber zu groggy, um mich anzustrengen und mich mit ihnen zu unterhalten. Sie ließen aber nicht los, setzten sich zu mir in den Sand und boten mir ein Bier an. Dann noch eins und dann machten sie Feuer und rauchten und der eine, der damals Lucy auf die Wange küsste, zog eine Flasche Korn oder etwas Ähnliches aus der Tasche, und sie machte die Runde. Danach wurde mein Englisch irgendwie besser. Jedenfalls habe ich plötzlich angefangen zu quasseln, als wäre ich der geborene Brite. Ich hielt einen Monolog auf Englisch und laberte etwas vom sein oder nicht sein. Also *to be or not to be*, versteht sich. Ich kam mir tatsächlich vor wie in diesem Theaterstück, das ich mal mit meinen Eltern gesehen hatte. Es ging um einen Prinzen, der seinen Vater oder Stiefvater am liebsten umgebracht hätte und am Schluss auch tatsächlich umbrachte, nachdem er es an einigen anderen vorher ausprobiert hatte. Die ganzen Typen da waren echt abgefahren. Seine Geliebte, oder war es seine Mutter, war verrückt und ein Geist hampelte dort auch herum. Das passte auf mich wie angegossen. Dieser Prinz jedenfalls, den man wie mich auf eine Mission nach England schickte, schritt auf der Bühne unruhig von links nach rechts und dann wieder zurück mit einem Schädel in der Hand und fragte sich: „Verdammt noch mal, was soll ich tun und soll ich sein oder was mach ich nun?" Ich fand es damals ziemlich abgedreht, aber jetzt schien es mir, als wäre ich er, also dieser dänische Freak. Ich stellte mir auch dieselben Fragen im Sinne: „Sein oder nicht, schwanger oder nicht, Lucy oder Mutu, Engelhard oder Schotte", oder so ungefähr.

Ich monologisierte dort vor der versammelten Mannschaft und die Einzeller grölten und klopften mir auf die Schulter und prosteten mir zu. Als ich aber anfing, über Lucy zu sinnieren, wollte sich einer von ihnen mit mir schlagen. Das war der kleine stämmige, der Lucy damals mit einem Kuss auf die Wange begrüßte, er hieß Terry. Ich stand also auf und wollte es mit ihm aufnehmen, aber es drehte sich alles, ich fiel um, und ab dann war alles ausradiert.

Als ich wieder aufwachte, glaube ich mich zu erinnern, dass ein Typ gerade einen Joint drehte und dass ich auch daran zog. Danach ging die Post ab. Das Meer tobte, der Sand knisterte, und die Musik aus dem Ghettoblaster kroch mir unter die Haut. Die Jungs grölten nicht mehr. Sie bekamen nur sanfte Augen wie junge Kälber. Ich legte mich auf den Rücken und schaute den dunklen Himmel an. Zwischen den schnellen Wolken lugten die Sterne. Ich erkannte in ihnen ganz klar ihre Gesichter. Der kleine weit entfernt von den anderen war Lucy, ein dunkler tiefer Stern war Mutu, und einer, der mich nervös anblinkte, war Engelhard. Alles war dunkel aber glasklar und ganz friedlich und schön. Dann schlief ich wieder ein.

Jetzt war ich wach. Die winkende Gestalt kam immer näher, und ich sah, dass es mein Schutzengel Nummer Zwei war. Schlagartig ging es mir noch schlechter. Ich stützte mich auf den Ellbogen, winkte mit der Hand, als würde ich eine lästige Mücke verscheuchen und schloss die Augen.

„Guten Morgen, gut geschlafen?", fragte er spöttisch.

„Was ist? Willst du mich verhaften?"

„Nein, Peter. Du musst nach Hause fahren, es ist Zeit." Er gab mir einen Umschlag, den er in der Hand hielt. Es war ein Flugticket nach Hause.

Mir fiel der Kiefer runter. Ich habe alles Mögliche erwartet, nur das nicht.

„Aber ich habe hier noch eine Woche", stotterte ich total plemplem.

„Wird geklärt! Pack deine Sachen, der Bus fährt in zwei Stunden."

„Woher denn dieser Sinneswandel?"

„Du wirst zu Hause gebraucht."

„Und was ist mit Lucy?"

„Um die kümmern wir uns. Mach dir keine Gedanken. Du kannst dich auf mich verlassen."

Dieser Typ war zwar ein unsympathischer Genosse, aber korrekt und penetrant genug, um seine Sache durchzubringen. Ich war sicher, ich konnte mich auf ihn verlassen.

„Danke", sagte ich. Aber da war er schon weg.

20.

Dass ich drei Stunden später schon im Flieger Richtung Heimat saß, hatte sicher etwas mit den himmlischen Kräften zu tun. Für einen normalen Sterblichen wäre es in der kurzen Zeit nicht zu schaffen gewesen. Es ging alles rasend schnell. Es kam mir vor, als würde alles im Zeitraffer an mir vorbeifliegen. Mein Rucksack war blitzartig gepackt. Zu Mr. und Mrs. Blyton murmelte ich etwas von einer dringenden Familienangelegenheit und erreichte noch den Elf-Uhr-Bus zum Flughafen. Dort wurde ich bereits ausgerufen. Wer für mich eingecheckt hatte, konnte ich mir nicht erklären.

Jetzt saß ich also im Flugzeug und umklammerte meinen Rucksack, voll gestopft mit dreckigen Klamotten, zwischen denen eine von Mrs. Blytons Porzellanpuppen, mehreren bestickten Deckchen und einer Tüte Pfeifentabak als Geschenk für meine Eltern, ihr Schicksal, bald in einem Mülleimer zu landen, dürsteten.

Ich betrachtete die weißen Felsen an der Küste mit einem sonderbaren Gefühl im Bauch. Einerseits freute ich mich mächtig auf zu Hause, auf Mutu, Engelhard, auf HL-5, Sandra, Gerda, Maggy und sogar auf meine Eltern. Andererseits hatte ich gegenüber Lucy ein schlechtes Gewissen und machte mir Sorgen um sie. Dann war da noch die Sache mit meinem Vater und Sandra und dann die allerschlimmste: mit Mutu und Engelhard.

Ich grübelte mir ein Loch ins Gehirn, während das Flugzeug auf den Wolken wie Gerda auf ihrem Hochseil balancierte und hielt gleichzeitig Ausschau nach Engelhard. Irgendwo zwischen diesen Wolken könnte er herumschwirren. Bestimmt saß er hier hinter einem dieser Schaumkissen versteckt und lachte sich schlapp. Dann blitzte mir ein Horrorgedanke durch den Kopf. Wie erkläre ich meinen Eltern, dass ich eine Woche früher zurückkomme? Was habt ihr euch da oben dabei gedacht? Du wirst gebraucht, sagte der Himmelsbote, als er mir das Ticket in die Hand drückte. Was meinte er damit? Wo wurde ich gebraucht? Zu Hause bei meinen Eltern? Oder in der roten Fabrik bei Mutu? Wie, wenn es so einfach wäre! Der Sohn kommt eine Woche früher nach Hause mit der Begründung: „Ich habe hier eine himmlische Mission zu erledigen, ich werde gebraucht. Kommet, Kinder, kommet zu mir…" Der Weg führt dann direkt in die Klapse! Das konnte ich mir nicht leisten.

Das Flugzeug ruckte, zuckte und sackte plötzlich durch ein Wolkenloch wie ein kaputter Aufzug. Mein Magen, der sich seit dem gestrigen Abend noch nicht erholt hatte, flog in die Höhe und begrüßte mich überschwänglich. Meine Finger krallten sich an den Sitzlehnen fest. Diese Achterbahnfahrt dauerte einige Sekunden, die mir wie eine Ewigkeit vorkamen. Und dann plötzlich hatte ich die Lösung: Ich werde direkt zu Mutu fahren und eine Woche später am Flughafen zur gegebenen Zeit wiederauftauchen. Nichts einfacher als das! Wenn alle Rätsel des Lebens so simpel wären! Zufrieden mit dem coolen Ausweg schlief ich auf der Stelle ein und träumte den bizarrsten Mist zusammen, den man sich vorstellen konnte

Zuerst sehe ich Lucy, oder eher ein pummeliges Barockengelchen im rosa Tanzröckchen, die hinter Gerda auf dem Seil tänzelt. Dann Mutu und Engelhard, die wie zwei Seelöwen, einer weiß und der andre schwarz, in einem See nebeneinander schwimmen und im Einklang aus dem Wasser in hohen Bögen springen. Ich bin der Dompteur, werfe den zwei Seelöwen kleine Fische zu, um ihnen immer neue Sprünge zu entlocken. Aber sie beachten mich und meine Fische nicht und vollführen ihren Paartanz auf ihre eigene aufeinander abgestimmte Weise.

So wende ich mich Lucy zu, die jetzt oben am Ende einer weiten Treppe Zuckerwatte und Poppkorn verkauft. Ich nehme zwei Stufen auf einmal, denn ich möchte ihr dringend etwas sagen. Aber egal wie schnell ich laufe, ich bleibe immer unten an den ersten zwei Stufen hängen. Es ist wie eine Rolltreppe hochzusteigen, die nach unten rollt. „Hallo Lucy, warte!", rufe ich, aber sie hört mich nicht. Entriegelt ihr Wägelchen, in dem sich eine klebrige rosa Zuckermischung in zwei eingelassenen Schwenkern dreht, und entfernt sich, einer Ballerina auf Spitzenschuhen ähnlich, trippelnd, schnell, drollig und auf immer fort.

Mein Vater braust auf dem Hinterrad des Rollers an mir vorbei die Treppe hoch, als täte er dies jeden Tag. Meine Mutter, die ich in diesem Moment am dringendsten brauchen würde, ist nicht vorhanden. Dann sehe ich sie aber doch. Sie sitzt auf einer Hollywood-Schaukel, neben ihr hockt Engelhard. Beide schauen zu mir hin, sehen mich aber nicht. Dann ergreift Engelhard die Hand meiner Mutter und hebt mit ihr ab. Die beiden steigen langsam in den Himmel. Zwei Heilige auf dem Rückzug. Ich glaube, irgendwo gelesen zu haben, dass dieser Vorgang Elevation heißt. Dann landeten wir.

21.

Meine glorreiche Idee, direkt zur roten Fabrik zu gehen, erwies sich als äußerst kompliziert und beschwerlich. Ich verpeilte es, meinen Rucksack und meine Gitarre auf dem Flughafen zu deponieren, musste sie also mitschleppen. Früher mit dem Roller empfand ich den Weg zur Fabrik als eher kurz. Jetzt war ich gezwungen, den Bummelzug zu nehmen und vom Bahnhof aus zu laufen. Es war irre heiß an diesem Tag. Mein Schädel drohte zu platzen. Bis zur Abzweigung mit dem Pfeil: *Die Olle Stube* nahm mich ein Laster mit. Von hier aus musste ich dann zu Fuß laufen. Nach einer Dreiviertelstunde hörte ich von weitem Musik, als wäre eine Hochzeitsfeier oder eine Party in Gange. Es konnte nur von der Fabrik kommen.

Und tatsächlich, als ich aus dem Wald trat, sah ich ein wildes Treiben auf dem Hof. HL-5 stand gerade auf einer Leiter und befestigte mit einem Draht einen Lautsprecher an dem Kastanienbaum. Überall standen Tische, Stühle, Körbe, Kisten. Darüber hingen Lampions und Lichterketten. Es sah tatsächlich so aus, als würde man hier eine Fete vorbereiten. Gerade als ich näherkam, stolperten Mutu und Engelhard mit einem langen Tisch aus dem Haus.
„Hallo, Leute", sagte ich cool, als wäre ich gerade gestern weggegangen.
Mutu sah mich als erste, ließ ihre Seite des Tisches fallen und rannte mir mit ausgestreckten Armen entgegen.

„Peter! Wo warst du? Mensch! Wir haben dich überall gesucht!"

Überall gesucht! Du vielleicht, Mutu. Aber Engelhard, der Hundesohn, wusste bestimmt, wo ich zu finden war. Nur das konnte ich Mutu nicht erzählen. Erzählte also, dass ich unerwartet Sprachferien in England machen musste.

„Ich wollte anrufen, aber es ging alles so schnell und aus England ist es zu teuer." Eine dämlichere Ausrede hatte ich nicht. Aber Mutu schien es nicht großartig zu interessieren. Sie freute sich wirklich, dass ich da war.

„Morgen gibt es hier einen Tag der offenen Tür und Brunch in der Ollen Stube. Danach einen Flohmarkt und am Abend Sommerfest. Das war HL-5s Idee. Wir kurbeln Gerdas Geschäft an. Bisher war die Olle Stube ein Verlustgeschäft, aber HL-5 hat Werbung im Internet gemacht, und Angelo und ich verteilten die ganze letzte Woche Flyer in der Gegend. Wir versprechen uns sehr viel davon. Gerda muss an ihre Rente denken. Meine Ma ist über das Wochenende nicht da. Die darf es nicht wissen. Sie hasst alles, was mit Selbstwerbung zusammenhängt. Sie meint, das Glück kommt zu dir, man muss ihm nicht nachrennen. Bisher ging es uns ganz gut damit, aber Gerda war eindeutig unterfordert. Sie wird morgen auch ihre Hochseilnummer zeigen. Und Angelo und ich jonglieren. Du könntest doch Gitarre spielen. HL-5 hat bestimmt einen Verstärker.

He, HL-5, komm her! Schau, wer hier ist! Angelo, wo steckst du?" Aufgeregt plappernd nahm Mutu mir den Rucksack und die Gitarre ab und trug sie ins Haus, als wäre ich hier zu Hause.

Engelhard kam in einem von Mutus T-shirts mit dem Kopf von K-Naan auf der Brust und zerrissenen Jeans lässig hinter Mutu her. Seine sagenhaft weiße Haut leuchtete neben Mutus hellbraunem Teint. Die verdammt blonden Locken waren länger gewachsen. Sie kringelten sich fast bis zu den Schultern. Wenn ich es nicht bereits gewusst hätte, hätte ich seine Engelhaftigkeit jetzt erraten.

Mich packte ein erdrückender Neid und zog mir die Gurgel zusammen. Sie waren ein schönes Paar. Groß, schlank, schwarz und weiß. Extreme ziehen sich an. Ich dagegen, ein Straßenköter mit 'nem Body wie ein Strichmännchen, weder braun noch blond. Meine zwei Tage alten Klamotten stanken in der Hitze nach Kuhscheiße. Ich war der Looser.

„Hallo", sagte ich unterkühlt zu Engelhard. Er schaute mich fragend an. Später, du Ratte, dachte ich, später.

„Hallo, Mister Selten", sagte er nur und klopfte mir auf die Schulter.

„Fass mich nicht an", zischte ich. Aber das hörte keiner mehr. Denn Mutu zog mich in die Küche, wo Maggy in ihren breiten Röcken mit tausend Ketten behangen bereits den zehnten Kuchen aus dem Ofen zog. Sie drückte mich fest an ihre weiche Brust, und ich erstickte keuchend im Walderdbeer- und Hefeduft. Nachdem ich mich glücklich befreit hatte, tätschelte sie mir als Beigabe noch mit der mehligen Hand die Wange.

„Schön, dich zu sehen, Peter. Du kommst gerade richtig. Schau, hier sind die Tischdecken, kannst du die bitte auf die Tische legen?" Sie gab mir einen Stapel afrikanischer Stoffe, auf denen kaffeebraune Schönheiten, die alle wie Mutu aussahen, hohe Krüge auf den Köpfen balancierten, und schob mich bestimmt aus der Tür.

Ich hätte mich lieber um die Musik und die Beleuchtung gekümmert. Aber das hatte sich schon HL-5 unter den Nagel gerissen. HL-5, der Nerd von Beruf, verhedderte sich gerade, als ich herauskam, in Kabel und Strippen. Aber er hätte jeden erschossen, der auf die Idee gekommen wäre, ihm helfen zu wollen. Er fühlte sich offenbar nicht nur für PR und Organisation des Events verantwortlich, ihm unterstand auch jedwede Technik.

Ich war also für die Zierde zuständig. Tischtücher auf den Tischen ausbreiten und auf jeden Tisch jeweils eine kleine Vase mit Wiesenblumen stellen. „Bin ich denn schwul oder was?", dachte ich und wollte protestieren. Aber nach der überschwänglichen Begrüßung nahm keiner mehr Notiz von mir. Nicht einmal mein persönlicher Schutzengel. Nachdem ich provokativ mit den Händen in den Taschen blöde herumstand und mich elend fühlte, zitterte ich ergeben los.

Dann erlöste mich Gerda, die im Kimono und mit Lockenwicklern im Haar aus der Ollen Stube kam und mich mit feuchten Küssen abknutschte.
„Du bist doch ein starker Junge, trag bitte ein paar von Sandras Kunstwerken heraus und stell sie zwischen die Tische. Das sieht bestimmt gut aus. Vielleicht verkaufen wir auch den einen oder den anderen."
„Aber Sandra sollte doch nichts von diesem Fest wissen."

„Ja, ja, richtig. Aber wenn ein paar Hunderter auf dem Tisch liegen, wird sie schon die Klappe halten, glaube mir." Sie kitzelte mich mit einer Feder, die auf der zerlumpten Boa noch übrig war, die sie um den Hals trug, an der Nase und trippelte kichernd davon.

Die außerterrestrischen Wächter machten sich in der verrückten Szenerie sehr gut.

Es wurde bereits dunkel, als wir mit den Vorbereitungen fast fertig waren. Ich hatte das Gefühl, als wäre ich gar nicht weg gewesen. Am liebsten hätte ich die Geschichte mit Lucy direkt ausgepackt und Engelhard und Mutu um Rat und Hilfe gebeten, aber bisher ergab sich keine Gelegenheit dazu. Ich verschob es auf später. Jetzt hatte ich Hunger. Maggy deckte gerade einen der Tische für uns und zündete die Windlichter an.

„Es gibt Spaghetti, kommt alle essen, Bagage", rief sie. Engelhard setzte sich neben mich.

„Das mit der Gitarre, das war eine gute Idee. Spielst du morgen?", fragte er mich unschuldig.

„Und was willst du vortragen, Harfenspiel?", antwortete ich sarkastisch.

„Spinner."

„Sag mal, bekommst du da oben keinen Stress?"

„Sei still", Engelhard legte seinen Zeigefinger auf die Lippen und drehte die Augen zum Himmel. „Bisher hat sich noch keiner gemeldet. Es läuft alles glatt. Ich verstehe auch nicht, warum."

In diesem Augenblick kam Mutu aus dem Haus. Sie hatte sich eins der afrikanischen Tischdecken um den Körper gewickelt und mit einem zweiten einen Turban gebunden. Sie sah den afrikanischen Statuen aus den Afro-Läden sehr ähnlich. Schlank und gazellenhaft, die

Augen zwei Zierknöpfe und der Mund eine reife Aprikose. Alles lang, schmal, dunkel. Sie lief barfuß, pfeilgerade, in beiden Händen einen Monstertopf mit dampfenden Spaghetti und lachte sich einen ab über etwas, was Peggy sagte, die einen Schritt hinter ihr ging und den Topf mit der Soße trug.

Ich killte gerade eine Bremse, die sich auf meinem Unterarm festbeißen wollte, als plötzlich Mutu wie ein Zollstock zusammenklappte, der Topf mit einem Knall auf den steinigen Boden krachte und neben ihm Mutu in ihrer ganzen schlanken Länge hinfiel. Eine Stille, die kein Ende nahm, breitete sich aus. Wir alle standen einen unendlichen Moment gelähmt da.

Dann rief jemand, ich glaube, es war Maggy, die vor Schreck ebenfalls den Topf fallen ließ: „Mutu, mein Gott! Was ist passiert?"

Wie auf ein Stichwort rannten wir alle zu Mutu, die zwischen den Spagettibergen und mit dem Kopf in der Tomatensoße lag.

„Mutu!", schrie ich ebenfalls, hockte mich neben sie und schüttelte sie an den Schultern.

„Hör auf, du Idiot. Nicht so heftig!" Engelhard kniete sich hin und betastete wichtigtuerisch ihre Halsschlagader. Das hätte mir auch einfallen sollen. Aber wer kommt denn direkt auf die Idee, dass Mutu nicht mehr leben könnte. Nein, nein, nein! Dachte ich nur und schaute Engelhard fragend an.

„Sie lebt. Wahrscheinlich ist sie ohnmächtig geworden. Wir sollten den Krankenwagen rufen."

„Ja, ja natürlich, ich gehe schon." Maggy drehte sich auf dem Absatz und verschwand im Haus.

„Komm, wir legen ihr etwas unter den Kopf und die Beine hoch", sagte Engelhard und schaute sich nach einem Kissen um. Es gab keines in Reichweite. Also riss ich mehrere Tischdecken von den Tischen, knüllte sie zusammen und stopfte sie vorsichtig unter Mutus Kopf und Füße.

Hinter mir vernahm ich Winseln. Als ich mich umdrehte, sah ich HL-5, der zitternd auf einem Stuhl saß und heulte.

„Hör auf zu heulen, du Schwachkopf, sie wird ja wieder", versuchte ich ihn zu beruhigen. Aber es half nicht. HL-5 heulte noch lauter. Erst als ihn Gerda, die bisher nur bleich auf einem Stuhl saß und große Augen machte, in den Arm nahm und auf ihn einredete, beruhigte er sich ein wenig.

Maggy kam aus dem Haus und meinte, der Notarzt käme gleich.

Das Warten schien unendlich. Ich ließ meinen Blick nicht von der liegenden Mutu und hoffte, dass sie die Augen auf einmal öffnet und uns alle auslacht. Aber sie lag da, atmete zwar, aber das war es. Sie sah aus, als würde sie schlafen, ein braunes Schneewittchen.

Erst jetzt merkte ich, dass auch ich voll mit Spaghetti und Soße war. Aber das war im Moment egal. Meine Gedanken überschlugen sich. Ich verstand nicht, was los war. Aber eins war sicher, das was los war, war nicht gut.

Dann kam das erlösende Heulen der Sirene. Etwas, was man fast tagtäglich hörte, das einen aber nie betraf. Es barg nur immer etwas Schlimmes in sich. Es kamen direkt zwei Notärzte und zwei Sanitäter, so wie ich es verstanden habe. In Windeseile zogen sie verschiedene Messapparate und Schläuche aus dem Auto und drapierten sie um Mutu herum. Der eine Arzt untersuchte sie und legte ihr eine Infusion. Der andere befragte direkt Maggy.

„Sie ist plötzlich umgefallen. So ungefähr vor einer Viertelstunde, seitdem liegt sie da. Nein, ganz plötzlich."
Engelhard stand auf, ging zu ihnen und sagte ebenfalls etwas zu dem Arzt. Der nickte, schrieb etwas in seinen Block. Dann sprach er in sein Handy oder Walkie Talkie oder was das war. Die Sanitäter brachten eine Liege mit, hoben Mutu samt Spaghetti und Soße hoch und schoben sie in den Wagen.

„Sind sie die Mutter?", wand sich der erste Arzt Maggy zu. „Wollen Sie mitkommen?"

„Nein, ich bin nur eine Freundin, die Nachbarin. Aber ich fahre selbstverständlich mit. Gerda kümmere dich bitte um Leo, bis ich wieder da bin."

Gerda nickte und streichelte HL-5 an der Wange.

„Ich komme auch mit", entschied ich. „Ich muss mitkommen."

„Gut, aber nur du, mehr als zwei können wir nicht mitnehmen."

Maggy kletterte zu Mutu in den Krankenwagen hoch. Ich musste im Notarztwagen mitfahren. Aber ich war froh, dass ich mitkommen durfte. Engelhard kommt sowieso angeflogen, das war mir klar.

22.

Der eine Notarzt stieg unterwegs aus, denn er hatte Schichtschluss, und der andere wurde kurz vor dem Krankenhaus zu einem neuen Notfall gerufen. So musste ich die letzten hundert Meter zu Fuß laufen. Bis ich mich endlich durchfragte und die richtige Station fand, war Mutu schon irgendwo hinter den Schwingtüren verschwunden. Nur Maggy und natürlich Engelhard liefen auf dem Gang wie zwei Tiger im Käfig. Wie konnte Engelhard nur so unvorsichtig sein und vor mir da sein! Der Blödmann! Wenn Maggy nicht so aufgeregt wäre, wäre es ihr bestimmt aufgefallen. Glück gehabt!

„Wisst Ihr schon was?", fragte ich voller Hoffnung

„Nein, sie untersuchen sie noch. Das dauert, meinte der Arzt." Maggy fuhr sich mit der zitternden Hand durch die Haare. „Verdammt!", rief sie plötzlich. „Wir müssen Sandra benachrichtigen und ich habe ihre Handynummer nicht dabei!"

„Ich hab sie!", sagte ich. Ich hatte sie damals in mein Handy gespeichert. Jetzt kam mir das, was ich damals mit den SMS getrieben hatte, bescheuert vor, aber wenigstens hatte ich Sandras Nummer parat.

„Ich glaube auch, ich weiß, wo sie gerade ist", sagte ich mehr zu mir als zu den Anderen.

Jetzt war auch das egal.

Beim fünften Klingeln nahm sie ab.

„Ja."

„Hallo Sandra, hier ist Peter", sagte ich so ruhig, wie ich konnte, „Mutu ist ohnmächtig geworden. Wir sind jetzt im Evangelischen-Krankenhaus. Komme bitte, so schnell wie möglich."

„Oh Gott, Peter, was ist passiert? Gab es einen Unfall?" Ich habe Sandra noch nie hysterisch erlebt und konnte sie mir, die Kühle und Ruhige, nicht aufgeregt vorstellen. Das war jetzt aber der Fall.

„Nein, kein Unfall, sie ist einfach umgekippt. Der Arzt meint, es könnte die Hitze sein."

Das beruhigte sie etwas.

„Ja, ja", stotterte sie, „ich fahre sofort ins Krankenhaus, so schnell ich kann. Peter bitte, pass auf sie auf!"

„Ja, das tu ich", meinte ich schwach.

Da sich nichts tat und das Warten quälend wurde, gingen Engelhard und ich nach draußen vor die Tür eine rauchen. Das heißt, ich rauchte und Engelhard, ein wild gewordener Propeller, zirkulierte um mich herum.

„Hast du eine Ahnung, was mit ihr los ist?", fragte ich ihn zwischen zwei Zügen.

„Nein." Engelhard bremste ab. „Aber ich glaube, sie hat einen Hirntumor, oder eine Hirnblutung."

Mir wurde schlecht.

„Bist du wahnsinnig! So jung. Woher willst du das wissen?"

„In letzter Zeit klagte sie über Kopfschmerzen. Vor einer Woche hat sie das ganze Haus vollgekotzt. Wir dachten, es lag an den Pilzen, die wir gesammelt hatten. Und gestern sagte sie, ihr wäre schwindelig."

„Na und? Das kann tatsächlich mit der Hitze zusammenhängen." Nein, meine Diagnose gefiel mir besser, als die von Engelhard.

„Hm, aber als der Arzt ihr vorhin ins Auge leuchtete, entschied er sofort, dass sie auf die Neurologie kommt."

Ich glotzte ihn fragend an.

„Anhand der vergrößerten Pupille kann man sehen, ob im Gehirn etwas nicht in Ordnung ist."

„Verdammte Scheiße, Engelhard, du bist doch der Schutzengel hier! Tu doch was!"

„Ich kann nicht."

„Was kannst du nicht? Du Pfeife! Tu was!"

„Erstens bin ich nicht ihr Schutzengel und zweitens weiß ich nicht, was man mit ihr vorhat."

„Ach so, so zieht man sich aus der Verantwortung! Du kannst nicht? Du bist nicht zuständig? Bist du nur zuständig für die Buchstaben A bis F? Oder nur für Männchen? Oder nur für mich alleine? Ja, sogar mir schickst du Vertreter an den Hals! So ein Schwachsinn! Ich sage dir etwas, nicht du kannst es nicht, sondern du willst es nicht!"

Und plötzlich wurde mir alles klar, und ich dachte, ich werde wahnsinnig. Ich packte ihn am Kragen und schrie: „Du willst, dass sie stirbt! Du willst sie tot haben! Dann hast du sie für dich alleine und zwar für immer! Du willst, dass sie in den Himmel kommt, dann gehört sie nur dir! Du elender Egoist!"

„Was laberst du da für einen Unsinn? Du bist hochgradig bescheuert!" Das war alles, was er dazu sagen konnte.

„Wenn sie stirbt, dann bring ich dich um, das sage ich dir!", schrie ich weiter los. „Merk dir das gut! Streng dich an! Mir ist es egal, wie du es anstellst. Aber wenn du versagst, dann setzte ich Himmel und Hölle in

Bewegung, damit sie dir Feuer unter dem Arsch machen!"

Engelhard sagte nichts dazu. Er drehte sich um und ging Richtung Aufzug.

Ich wütete noch eine Weile vor mich hin und ging dann auch hoch, denn ich hoffte immer noch, dass Engelhard sich getäuscht hatte.

Als ich oben ankam, saß Engelhard neben Maggy auf einem der Plastikstühle, die für wartende verzweifelte Angehörige dort aufgestellt wurden, und bearbeitete mit düsterem Gesichtsausdruck seine Fingernägel. Maggy hatte den Kopf gegen die Wand gelehnt und hielt die Augen geschlossen. Ich wollte mich nicht dazusetzen, lief bis zum Ende des Flurs und schaute aus dem Fenster im achten Stock auf den Parkplatz des Krankenhauses, auf die parkenden kleinen Spielzeugautos. Dann sah ich die grüne Ente auf der Straße ankommen. Direkt dahinter ein schwarzer Volvo. Die Ente bog scharf zum Parkplatz, so scharf, dass die Karosserie gefährlich wankte und hielt etwas schräg in einer Parklücke. Der Volvo dicht daneben. Die Fahrertüren gingen gleichzeitig auf, und zwei Menschen stiegen eilig aus. Es war Sandra, und ich dachte ich sterbe, und mein Vater! Ganz kurz überlegte ich, ob ich nicht schleunigst verschwinden soll. Aber irgendwie war mir alles egal. Ich wollte wissen, was mit Mutu los war, der Rest war unwichtig. Im Gegenteil, ich wollte Schmerz empfinden, um von der Angst um Mutu abgelenkt zu werden. Was spielte es für eine Rolle, dass ich nicht in England war, dass mein Vater mit anderen

Frauen rummachte, dass Sandra herausfindet, wer ich war. Das alles berührte mich nicht.

Ich genoss sogar das Gesicht meines Vaters, als er aus dem Aufzug stieg und mich sah.

„Peter? Was machst du hier? Du solltest in England sein, Kind!"

„Papa? Was machst du hier? Du solltest zu Hause bei Mama sein, Vater!", konterte ich frech.

Aber die theaterreife Szene wurde durch den Auftritt des Oberarztes unterbrochen.

Unsere kleine Gruppe sammelte sich um ihn herum und erdrückte ihn fast mit erwartungsvollen und fragenden Gesichtern.

„Sind sie die Eltern?" Der Arzt wand sich an Sandra und meinen Vater.

„Ja, nein. Ich bin die Mutter. Key, Sandra Key. Der Vater ist nicht hier. Das sind unsere Freunde." Sie machte eine vage Geste mit der Hand. „Wie geht es Mutu? Kann ich sie sehen?"

„Im Moment noch nicht. Es geht ihr den Umständen entsprechend. Sie liegt auf der Intensivstation. Kommen Sie in mein Büro, bitte." Er berührte Sandra leicht am Arm und führte sie den Korridor entlang zu seinem Büro. Über seine Schulter rief er in das offene Schwesternzimmer hinein: „Die Röntgenbilder Mutu Key, Monika, bitte." Die beiden verschwanden im Büro des Oberarztes.

Es standen so viele Fragen im Raum, aber keiner von uns vieren sagte etwas. Das heißt, als ich mich umdrehte, waren wir nur noch drei. Engelhard war verschwunden. Gleich sah ich ihn aber an der Decke kleben und wusste, er hatte sich wieder dematerialisiert. Warum? Warum gerade jetzt? Sandra kannte ihn, wegen meines Vaters? Wieso denn das? Aber ich hatte keine Zeit, lange zu überlegen, denn Sandra kam fertig geschockt aus dem Zimmer des Oberarztes. Sie sackte buchstäblich in die Arme meines Vaters und schluchzte. Mein Vater fühlte sich sichtlich blöd bei der Umarmung. Der Feigling traute sich nicht, mir in die Augen zu schauen. Es dauerte eine Ewigkeit, bis Sandra sich beruhigt hatte. Sie setzte sich hin, putzte ihre Nase, atmete tief ein und sagte: „Mutu hat einen Hirntumor." Dann fing sie wieder mit dem Heulen an.

Ich schaute nach oben zu Engelhard, der, obwohl er das prophezeit hatte, sich die Hände vors Gesicht hielt.
„Kann man da irgendetwas machen?", fragte mein Vater.
„Das weiß man noch nicht. Es hängt offensichtlich von der Größe und der Lage des Tumors ab. Es ist auch noch nicht klar, ob es ein gut- oder bösartiger Tumor ist."
„Mein Gott, die Arme", flüsterte Maggy.
„Und was machen wir jetzt?", fragte ich mit zitternder Stimme. Ich fühlte mich hilflos. Im Ungewissen zu schweben war unerträglich. Ich gehörte nicht zur Familie, Engelhard hatte sich distanziert, und mein Vater schaute mich nicht mal an. Am liebsten wäre ich auch unsichtbar geworden. Dann könnte ich mich an Mutus Bett setzen oder den Ärzten auf die Finger schauen. Ich nahm mir vor, zu Hause im Internet nachzusehen und mich zu informieren. Ich werde

Neurochirurg, entschied ich, dann kann mir keiner was vormachen.

„Ich bleibe bei Mutu. Ihr geht bitte alle nach Hause. Ich rufe an, wenn es neue Ergebnisse gibt." Sandra umarmte uns alle und ließ uns auf dem Flur stehen.

„Wo ist denn Angelo?", fragte Maggy, als wäre sie aus einem Traum erwacht.

„Oh", ich zögerte. „Der ist vorhin nach Hause gefahren, er muss noch was erledigen. Ich sehe ihn später wieder, ich werde ihn auf dem Laufenden halten", stotterte ich schnell los, mit der Hoffnung, weitere Fragen abzuwimmeln. Zum Glück peilte Maggy überhaupt nichts und mein Vater noch weniger.

„Wer ist denn Angelo?", fragte er dann doch. Aber es schien ihn nicht besonders zu interessieren. Er drehte sich zu Maggy hin: „Sind Sie mit dem Wagen hier, oder soll ich Sie nach Hause bringen?

„Oh, nein. Ja, das wäre nett. Ich bin vorhin mit dem Krankenwagen gekommen. Wenn es für Sie kein Problem ist."

„Keineswegs. Wir bringen Sie."

Während der Fahrt herrschte Schweigen. Ich leistete mir einen Seitenblick zu meinem Vater. Er schaute gedankenverloren nach vorne. Jedenfalls kannte er den Weg zur Fabrik im Schlaf. Also Bingo! Eins zu eins für beide! Dafür wirst du büßen! Und mir Vorwürfe zu machen, dass ich früher aus England hier bin, vergiss es. Du bist gedisst, Alter.

23.

Wir luden Maggy bei der Fabrik ab. Sie holte schnell meine Klamotten aus Mutus Zimmer und schaute mich traurig an:

„Ist es nicht ein Jammer?"

„Was ist mit dem Fest morgen? Soll ich Euch helfen?"

„Ah, Gerda und ich schaffen es irgendwie. Ist doch alles vorbereitet. Oder wir blasen es ab. Mir ist überhaupt nicht nach Feiern zumute."

„Gut, meldet Euch, wenn Ihr Hilfe braucht."

„Machen wir, bis dann."

Sie ging zu Gerda, die still in der Tür der Ollen Stube stand und mir müde zuwinkte.

Ich überlegte eine Sekunde und stolperte zum Wagen zurück.

Mein Vater wendete. Es war bereits dunkel. Der Mondschein verwandelte die roten Fabrikgebäude in ein silbernes Märchenschloss, die Schatten von Sandras eisernen Riesen schauten stumm zum Fenster hinaus. Der Mond müsste herunterfallen, die Mauern sich vor Trauer auflösen, die Riesen ihre Waffen zücken. Aber nichts dergleichen geschah, die Materie ließ sich von menschlichen Dramen nicht beeindrucken.

Mein Vater fuhr nicht auf die Hauptstraße zurück, sondern auf den Nebenstraßen Richtung Stadt. Das tat er immer, wenn er mit mir reden wollte. So hatte er mich in der Hand. Ich konnte nicht mitten im Gespräch davonlaufen, mit der Tür knallen und mich in meinem Zimmer einschließen. Das war immer der Fall, wenn er mich in die Enge getrieben hatte. Aber heute wollte auch ich reden. Von Mann zu Mann sozusagen. Klingt blöd, aber es war schon lange fällig.

Ich dachte nur, wenn er jetzt mit dem Satz: „Das ist alles nicht so, wie du denkst…", anfängt, stürze ich mich aus dem fahrenden Auto. Mir egal, wenn ich dann auch sterbe, oder im Krankenhaus lande.

Aber er sagte etwas viel Schlimmeres, Abgedroscheneres. Dennoch, ich sprang nicht, ich hörte ihm dann doch zu.

„Ich liebe deine Mutter", fing er dramatisch an.

Hatte ich es nicht gesagt?!

„Wir waren sehr verliebt, eine Vorzeigefamilie…"

Oh du armes Opfer, dachte ich mir.

„…aber als Paul starb, war es, als wenn deine Mutter mit ihm gestorben wäre."

„Was bitte? Wer ist Paul? Was redest du denn da?"

Er hielt das Auto an und schaute mir in die Augen. Dann besann er sich und fuhr weiter.

„Du hattest einen Zwillingsbruder, Paul. Er starb, als er, als ihr, zwei Jahre alt wart."

„Wieso?"

„Er hatte ein Loch im Herzen. Das wussten wir nur nicht und die verdammten Ärzte auch nicht."

Das war für mich eine Neuigkeit, die alles Bisherige in den Schatten stellte. Ich hatte einen Zwillingsbruder! Wie abgefahren war das?

Wir bogen auf einen Kiesweg und hielten vor einem Friedhof an.

Oh, nein! Nicht diese Nummer, bitte!

Aber ich war neugierig. Ein Zwillingsbruder!

Wir kamen zu einem Minigrab. Das vergilbte, kitschige Foto in einem Silberrahmen auf einem Findling geklebt, sagte mir nichts. Ein Baby halt. In den Stein eingemeißelt stand dort: Paul Bester, 1995 – 1997. Sonst gar nichts.

„Sehen wir - sahen wir beide gleich aus?"

„Du meinst, ob Ihr ein- oder zweieiige Zwillinge seid?"

„Ja, das meinte ich, genau."

Zweieiig, ganz verschieden. Du bist eher dunkel, Paul war hellblond."

Das war strange, plötzlich gehörte noch einer zu unserer Familie.

„Warum habt Ihr mir nie davon erzählt? Die ganze Familie hütet ein Geheimnis vor mir. Dreizehn Jahre lang! Wie fies ist das denn?"

„Wir haben es dir erzählt. An deinem fünften Geburtstag, aber du hast dir die Ohren zugehalten und bist in dein Zimmer gerannt. Dort hast du gewütet wie ein Tobsüchtiger. Als wir dich beruhigen wollten, hast du uns angespuckt. Eine Stunde später, nachdem du alle deine Spielsachen inklusive der Geburtstagsgeschenke in die Gegend gefeuert hattest, wurde es still in deinem Zimmer. Als wir nachschauten, warst du eingeschlafen. In der Nacht bekamst du hohes Fieber und wurdest richtig krank. Das Pfeiffersche Drüsenfieber hat der Kinderarzt diagnostiziert. Er riet uns auch, die Geschichte mit deinem Zwillingsbruder nicht anzusprechen, bis du damit selbst anfängst. Aber du hast kein Wort mehr darüber verloren. Bis heute. Als du gesund wurdest, warst du wieder das fröhliche Kind wie früher, und wir hielten uns mit weiteren Enthüllungen zurück."

„Aha, bei uns kehrt man alles unter den Teppich, nur um zu verhindern, dass einer ausflippt! Man verschweigt den Zwillingsbruder, die Geliebte, den Großvater! Du und Oma, Ihr beide seid wirklich die Weltmeister der Verdrängung!"

„Red nicht so einen Unsinn, Peter! Das, was deine Oma tut, ist ihre Sache."

„Ha, siehst du! Du hast Angst vor der Wahrheit!"

„Du wolltest sie auch nicht hören."

„Da war ich fünf."

Ich ließ dann doch das Thema Oma fallen, denn obwohl ich aus mehreren Gründen total sauer auf meinen Vater war, quälen wollte ich ihn nicht.

Meine Oma ist ein besonderes Exemplar. Also nicht die mit dem Rollstuhl, das ist Mamas Mutter. Die befreite Oma, so nannte ich sie. „Wer befreit ist, fällt auf sich selber zurück", sagt sie immer. Und meine Großmutter ist befreit.

Sie lebt alleine in einem Haus, indem es nur Dinge gibt, die sie selbst gemacht hat. Mit den eigenen Händen. Insofern ist sie Sandra sehr ähnlich. Meine Oma hört Nirwana, Beatles und Stones, Jannis Joplin und Jimmy Hendrix, all diese alten Freaks, raucht Gras und so weit ich es weiß, war sie nie verheiratet. Ich besitze mehrere Opas, wobei nie klar wurde, welcher von ihnen der Vater meines Vaters ist. Sie behauptet, sie wisse es selbst nicht. Es ist verständlich, dass mein Vater ein

Karriere-Junkie geworden ist und sich ein total straightes Leben eingerichtet hat.

Und jetzt kam ihm Sandra in die Quere und versaute sein Image vom treuen Ehemann und Vater. Wie traurig, dachte ich. Ich glaube, es wurmt ihn bis heute, dass er nicht weiß, wer sein Vater ist. Er könnte es über den Gen-Test probieren, aber meine Oma weigert sich.
„Das bestimmt die höhere Intelligenz, wie das Leben sein soll." Das sind ihre Worte. Sie glaubt nicht an Gott, sie glaubt an das Universum und seine ewige unendliche Liebe. Sie glaubt auch an die Wiedergeburt und an die Bestimmung in dieser Welt.
„Jeder von uns", sagt sie, „hat eine Aufgabe, die er hier auf der Erde erledigen muss. Und wird immer dorthin geboren, wo für ihn die besten Voraussetzungen dafür bereitstehen."

Ich nahm mir vor, meine Oma bald zu besuchen. Sie lebt jetzt im schweizerischen Tessin. Möglich, dass sie mir erklären kann, was meine Aufgabe in diesem Leben sein soll. Es kann nicht sein, dass das ganze Theater, das Leid und diese ganze Beziehungsscheiße um mich herum inszeniert wurden, nur damit ich darauf komme, dass ich Neurochirurg werden will. Da muss noch etwas anderes, Wichtigeres dahinterstecken. Ja, das werde ich Oma fragen.
„Was soll ich jetzt mit dieser Geschichte? Warum fängst du jetzt damit an?"
„Weil es zum Thema gehört. Weil es ohne das keinen Sinn ergibt und weil es auch Zeit wurde, dass du aufgeklärt wirst."

Da hatte er Recht.

Mein Vater fuhr fort: „Als dein Bruder starb, war es, als ob deine Mutter mit ihm gestorben wäre. Ihre ganze Kraft, die ihr noch übrigblieb, gehörte dir und Lisa. Für mich blieb nichts mehr übrig. Ich bin kein guter Tröster, aber ich kann arbeiten. Also habe ich was geschaffen, ein Haus, Sicherheit für Euch, jedes Jahr Ferien…"

„Ja, ja, cut mal hier. Ist alles bereits bekannt."

„Oh ja, entschuldige. Wo bin ich stehen geblieben? Ah, ja. Dann fing auch deine Mutter an zu arbeiten und das half ihr, wenn sie anderen helfen konnte."

„Und meine Schwester? Wusste sie es?"

„Ja, natürlich. Sie war damals schon zehn; groß genug, um alles mitzubekommen. Sie ist ein Goldstück. Eine starke Frau. Sie kümmerte sich um alles zu Hause. Um deine Mutter, um dich und um mich und schließlich auch um sich selbst. Sie war eine Musterschülerin, hatte uns nie Sorgen gemacht. Wir alle hofften, dass die Zeit alle Wunden heilt, aber diese Wunde blieb offen, vor allem bei deiner Mutter. Sie gab sich die allergrößte Mühe und zwischendurch hatte ich das Gefühl, dass ihre Trauer vorbei war. Sie lebte auf und alles war wie früher. Aber seit einiger Zeit ist es wieder schlimmer geworden."

„Und deshalb hast du dich mit Sandra getröstet? Das ist feige!"

„Ich habe es mir dreizehn Jahre lang angeschaut…Ich denke manchmal, es ist ihr lieber, wenn ich nicht da bin. Dann muss sie nicht auf mich Rücksicht nehmen."

„Was für eine jämmerliche Geschichte! Was ist mit mir und Lisa?" Plötzlich, und das erste Mal in meinem Leben tat mir Lisa leid. Und ich? Hatte ich Mama immer an meinen Zwillingsbruder erinnert? Grässlich! Was für eine abartige Rolle spielte ich in diesem Leben!

Wir fuhren weiter. Lange Zeit sagte keiner von uns beiden etwas.

Ich dachte daran, dass diese Geschichte für unsere Familie nicht einfach war. Und dass irgendwie jeder von uns auf seine Art und Weise versuchte, damit klar zu kommen. Ich hatte es als Nichtwissender am einfachsten. Ich ahnte nichts, wusste von nichts.

„Wenn wir schon bei der Stunde der Wahrheit angekommen sind, wie bist du überhaupt bei Mutu gelandet, woher kennst du sie?"

Ich wollte schon ausweichen und mir eine Geschichte ausdenken. Mir fielen tausende Ausreden ein. Aber mein Vater war heute ehrlich zu mir und offen. Also erzählte ich ihm alles von vorne. Vielleicht konnte er dann besser meine Roller-Eskapaden verstehen. Nur Engelhard und den schottischen Bewährungshelfer ließ ich aus der Geschichte heraus. Aber ich erzählte ihm davon, wie ich ihn mit Sandra gesehen hatte und bis zur Fabrik verfolgt hatte. Ich erzählte ihm von Angelo und von Mutu, und von Lucy natürlich auch.

Er sagte nichts, nickte nur immer mit dem Kopf, und dann erzählte er mir seine Geschichte:

„Ich muss immer den großen Macker mimen. In der Firma, zu Hause als Familienvater. Deine Mutter ist sehr sensibel. Dafür liebe ich sie. Aber in letzter Zeit wurde es für mich manchmal zu viel. Ich war des Tröstens überdrüssig. Sandra hatte mich gepackt und weggeschleppt. In eine Welt der Kunst, der Zufälle, der Kraft und des Müßigganges…" Er blieb einen Moment still. „Manchmal kann man auch zwei Frauen auf einmal haben. Ich weiß nicht, ob du das verstehst…"

Ja, ich konnte es verstehen. Ich musste nur an Mutu und an Lucy denken.

Trotzdem sagte ich: „Aber das mit Sandra muss aufhören, hörst du?"

Er ächzte und gab mir die Hand drauf.

24.

Natürlich wunderte sich meine Mutter, wieso ich eine Woche früher angeflogen kam.

„Mein Fehler, ich habe mich um eine Woche vertan", sagte mein Vater cool. „Zum Glück habe ich heute Morgen auf meinen Terminplaner geschaut."

„Ja, und ich bekam seine SMS just in time, hatte gerade Zeit alles zusammenzupacken und zum Flughafen zu rasen", legte ich nach.

„Stell dir vor, das Flugticket wäre verfallen. Das war wirklich Glück."

Ich bin kein guter Lügner, aber mit meinem Vater zusammen zu lügen, das war krass.

Und meine zierliche, sensible Mutter schluckte alles. Sie tat mir leid. Aber es war eine Notlüge.

„Mama", sagte ich und nahm sie in die Arme, „ich bin froh wieder hier bei dir zu sein."

Sie schaute mich an, als wäre ich eine Erscheinung. Spätestens jetzt hätte sie misstrauisch werden müssen. Aber sie lachte glücklich, strich mir die Haare aus dem Gesicht, was ich normalerweise hasse, aber jetzt ließ ich sie machen, und sie sagte: „Ich bin auch froh, dass du wieder da bist, Peter."

Es war spät, meine Eltern sind schlafen gegangen. Wird mein Vater die Beichte ablegen? Sollte er das? Ich fragte mich, ob ich Mutu die Geschichte mit Lucy erzählen sollte. So was kannst du nicht vergleichen, du Nudel! Du bist doch gar nicht mir ihr zusammen. Das kann man nicht vergleichen! Schade aber auch, dachte ich.

Da ich noch nicht müde war, schaute ich in die Glotze, aber dann, als meine Eltern schliefen, nahm ich das Fotoalbum aus dem Regal, das meine Mutter neulich so intensiv studiert hatte. Und tatsächlich auf der ersten Seite stand in Schnörkelschrift:

Peter und Paul Januar 1995

Ich blätterte um und sah zwei kleine Baguette-Brötchen, die Köpfe zugewandt und die Ärmchen neben den Ohren, nebeneinanderliegen. Ich hätte gerne gewusst, wer ich und wer Paul war.

Ein paar Seiten weiter, da konnten wir schon sitzen, und hier konnte ich den Unterschied erkennen. Wir saßen nebeneinander auf einer Decke. Ich hielt ein kleines Auto fest mit beiden Händen umklammert und schielte darauf so intensiv, als möchte ich es hypnotisieren. Paul mit hellem Lockenkopf, versuchte es mir mit aller Kraft zu entreißen. Die folgenden Seiten waren voller Schnappschüsse von uns beiden: nackig auf der Wickelkommode, im Sandkasten, im Schwimmbecken, mit und ohne Ball, immer zusammen. Ein Foto wurde in einem Park aufgenommen. Man sah Papa, das heißt nur seine Beine, der Paul und mich jeweils an einer Hand führte. Da konnten wir schon halbwegs laufen. Mit O-Beinen, dicken Pampers und super konzentriert auf den Weg, der vor uns lag.

Dann unser zweiter Geburtstag. Eine Torte mit je zwei Kerzen auf jeder Seite, Paul und ich pusten. Dann auf

Mamas Schoß, der eine weint, der andere lacht und umgekehrt.

Und dann war Ende. Schluss. Alle Seiten leer.

Erst in dem anderen Fotoalbum, auf dem nur Peter stand und das ich kannte, fand ich mich, allein, immer größer, immer älter. Mit Freunden, mit meinen Eltern, mit Lisa, Oma, aber ohne Paul.

Seltsam, dass mir das erste Album nie in die Hände gefallen ist. Wahrscheinlich deshalb, weil ich mich nie für die Baby-Fotos interessierte. Ich wollte wachsen, älter werden und nicht alberne Hosenscheißer studieren.

Keine Ahnung warum, aber plötzlich wurde ich furchtbar traurig.

Wenn jemand der Meinung ist, das klärende Gespräch mit meinem Vater hätte alle Probleme gelöst, dann täuscht er sich gewaltig. Mein Wissen um meinen Zwillingsbruder half meiner Mutter immer noch nicht über ihre Trauer hinweg. Nun wusste ich aber, warum sie sich alte Fotos anschaute und sie dann versteckte, wenn ich ins Zimmer kam. Ich wusste auch endlich, worüber sie ständig mit meiner Schwester tuschelte. Ich war mir nicht sicher, ob es sie nicht umhaut, wenn ich ihr sage, dass ich Bescheid wüsste. Wird sie sich dann noch mehr quälen? Etwas ganz hinten in meinem Hinterkopf sagte mir, dass ich die Antwort wusste, dass ich derjenige war, der ihr helfen könnte. Aber wie?

Da ich keine Lösung auf Lager hatte, verschob ich es auf später. Denn Mutu bereitete mir gerade die meisten

Sorgen. Ich war mir auch nicht sicher, ob ich Engelhard, wo immer er sich jetzt wieder aufhielt, als meinen Schutzengel oder meinen Feind betrachten sollte. Einen, der Mutu den Tod an den Hals wünscht. Oder gar herzaubert. Aber das konnte ich nicht richtig glauben. Engelhard war zwar verrückt, unbeherrscht, schlampig, unzuverlässig und panisch, aber böse oder selbstsüchtig war er nicht. Er war mein Freund, das war sicher. Oder?

Und Lucy? Die Unerreichbare. Was war mit ihr passiert? Aber momentan passte es ganz gut, das musste ich zugeben. Da hatte das Universum Nachsicht, denn mit so vielen Problemen auf einmal würde ich nicht fertig.
Ja, und hurra! Die Sache mit Sandra war geklärt. Ohne Zweifel. Mein Vater gab mir die Hand drauf. Und Sandra war eine starke Frau. Obwohl! Verdammte Scheiße! Sie sorgte sich um Mutu. Na ja, für irgendwelche Knutschereien mit meinem Vater hatte sie jetzt sowieso keine Lust und Nerven. Das passte alles treffend zusammen. Ohne gemein sein zu wollen, Leute.

Um auf andere Gedanken zu kommen, setzte ich mich vor den PC und recherchierte über Hirntumore. Und da wurde mir endgültig schlecht. Ich entschied, dass ich morgen als erstes zum Krankenhaus gehe. Engelhard war bestimmt auch schon da. Auf das PC-Spiel, das ich im Anschluss spielte, konnte ich mich auch nicht so richtig konzentrieren. Irgendwann fiel ich angezogen ins Bett und schlief einen traumlosen Schlaf bis zum nächsten Mittag.

25.

„Wir können mit neunzigprozentiger Sicherheit sagen, dass es sich hier um einen gutartigen Tumor handelt. Allerdings ist er verhältnismäßig groß und gefährlich nahe am Gleichgewichtszentrum platziert. Der Tumor wächst schnell, also müssen wir handeln und möglichst bald operieren." Professor Hirschfeld himself, ein sauber geschrubbter Gehirnflüsterer mit dem Hals einer Schildkröte, erklärte gerade der deutlich mitgenommenen Sandra die Lage.

Mutu, das Tröpfchen Elend, lag schlafend im Bett. Die Rastalocken sonnenstrahlförmig auf dem weißen Kissen ausgebreitet. Sie wurde von der Intensivstation hierher verlegt, da sie nicht mehr im Koma lag. Jetzt schlief sie aber tief und fest. Voll gepumpt mit Medikamenten, nahm ich an.

Sandra saß auf einem Stuhl und betrachtete die Röntgenbilder, die auf einer beleuchteten Tafel klebten. Bilder von Mutus Gehirn. Ein weißer Pfeil zeigte auf einen flummigroßen hellen Fleck, der im hinteren Teil des Gehirns, dort, wo sich wohl das Gleichgewichtszentrum befindet, brütete.
„Und wie, wie gefährlich ist die Operation?", fragte Sandra heiser.
„Das hängt davon ab, ob und wie weit das Gehirn geschädigt ist. Auch während des Eingriffs besteht die Möglichkeit einer Gewebeschädigung."
„Das heißt?"

„Das heißt, dass Ihre Tochter nach der OP gelähmt oder gar komatös werden kann, dass sie alles neu erlernen muss: Sprache, Motorik, alles. Aber es besteht eine große Chance, dass sie ohne bleibende Schäden weiter leben kann wie bisher."

„Wann wollen Sie operieren?"

„In spätestens einer Woche. Wir müssen noch einige wichtige Untersuchungen durchführen. Im Moment ist ihr Zustand stabil. Also haben wir noch etwas Zeit."

Während des Vortrages war es im Zimmer ungewohnt windig und unruhig. Für alle Beteiligten unerklärlich. Nur ich wusste, was abging. Engelhard nämlich, unser hyperaktiver Schutzgeist, blätterte hektisch in den Patientenakten, als könnte er dort die Lösung des Problems finden. Dann bekam er eine glorreiche Idee und versuchte den hellen Fleck, also den Tumor auf den Röntgenbildern, mit einem Filzstift zu übermalen. Dann, noch hirnverbrannter, ihn auszuradieren. Eine absolut paranoide Idee. Als das alles nicht half, drehte er panische Kreise über Mutus Bett, nahm immer wieder Anlauf auf ihren schlafenden Kopf und pustete ihr in die Ohren. Natürlich ohne Erfolg.

„Lass das, das bringt nichts, so hat es keinen Sinn", zischte ich ihm zu.

„Das hat sehr wohl einen Sinn, junger Mann", entgegnete empört der Arzt, der meine Bemerkung missdeutete.

„Oh, nein, ich weiß, ich weiß! Entschuldigung, ich meinte nicht das", stotterte ich und als sich Sandra und der Arzt wieder ihrem Gespräch zuwandten, machte ich Engelhard Zeichen, um ihn aus dem Zimmer herauszulocken.

„Komm runter, so kannst du ihr doch nicht helfen. Das ist alles Spielkram, was du hier treibst. Damit kannst du doch nichts ausrichten. Du musst etwas Stärkeres von oben anwenden. Von oben meine ich, von da, wo du herkommst. Sprich mit Mutus Schutzengel, zum Beispiel."

„Hab ich schon."

„Ja? Und?"

„Ein nutzloses Nichts, ein Alptraum. Macht Dienst nach Vorschrift, um fünf ist bei ihm Feierabend. Ein typischer Beamter."

„Da haben wir es. Was seid Ihr denn für ein Haufen Nieten, Ihr Schutzengel! Dann besorg ihr einen Ersatz. Bei mir hat es doch auch funktioniert! Der schottische Schutzmann war zwar ein Horror, hat aber die Sache in die Hand genommen. Er hat klar gehandelt und mir ein Flugticket besorgt. Jetzt beschützt er Lucy. Hoffe ich wenigstens."

„Einen Ersatz? Kann ich versuchen", brummte Engelhard und kratzte sich am Heiligenschein. Dann drehte er sich zu mir hin: „Ich bin jetzt eine Weile nicht da, bau kein Scheiß und pass auf Mutu auf, OK?"

„Bau du kein Scheiß."

„He!", rief ich ihm nach, „bin ich jetzt ihr Schutzengel?"

„Für eine Weile ja, Kumpel."

26.

Am dritten Tag, als wir alle nach Krankenhaus rochen und von den weißen Kitteln und vom Glanz der Folterinstrumente schneeblind geworden sind, visualisierte ich etwas, das mich erkennen ließ, dass es noch eine andere, bunte Welt da draußen gibt.

Am Ende des sterilen Korridors, in Neonlicht getaucht, auf dem glänzenden Boden gleitend näherte sich mir eine optische Täuschung. Ein Mann, der so groß war, dass er mit dem Kopf die Hinweistafeln, die von der Decke hingen, berührte. Mit jedem Schritt, den er näherkam, schien er über sich hinauszuwachsen. Und bald meinte ich zu wissen, in welcher Eigenschaft er uns beehrte.

Seine Haut war teerschwarz, die noch schwärzeren Haare fielen am Hinterkopf aus einem Kopfschmuck in festgeflochtenen Zöpfen den Rücken herunter. Perlenkrausen in den Farben Afrikanischer Steppe stützten seinen Hals. Der muskulöse Oberkörper glänzte wie eine polierte Bratpfanne. Um die Hüfte hatte er eine gestreifte rote Decke umwickelt, die über seine linke Schulter geschwungen war. Er erinnerte mich an den Massai aus diesem grauenhaften Saftschinken, den ich mal mit meiner Oma aushalten musste. Dort verliebt sich eine ausgekotzte Blondine aus Deutschland in einen Massai-Krieger. War klar, warum Mutu sich in Engelhard verknallte und Sandra in Zulu.

Der große Schwarze kam nicht alleine, hinter sich zog er einen kleinen Anhänger mit allerlei Zeugs, das ich nicht genauer identifizieren konnte. Am Schwesternzimmer machte er halt und ging hinein. Kurz darauf kam er mit Schwester Monika wieder heraus, und die beiden betraten Mutus Zimmer. Ich hinterher.

Als er sich über Mutu beugte, war sonnenklar, wer er war. Die gleiche kokosnussförmige Kopfform, die breite flache Nase, die langen feinen Glieder. Nur war Mutu aus Milchschokolade und er aus der dunklen bitteren Sorte fabriziert.

Er küsste Mutu auf die Stirn und richtete sich auf. Ich stand an der Tür wie angenagelt.
„Hallo, mein Name Zulu, ich Mutus Vater."
„Mutus Vater", flüsterte ich nur.
Mutu öffnete die Augen, stieß einen hellen Schrei aus und umschlang Zulu wie eine Klette.

In den folgenden Stunden und Tagen verwandelte Zulu das Krankenhauszimmer in ein Nomadenlager. Aus seinem Wagen packte er Stoffe in den tollsten Farben aus und hängte sie überall hin: über Mutus Bett, über den Tisch, über die Stühle, ans Fenster. Auf den Tisch stellte er einen kleinen Kocher und obendrauf einen Monstertopf. Daneben Tüten, Flaschen, Schüsseln, Löffel und gewaltige Messer.
„Zulu kocht Ugali. Very good for sick people", berichtete Zulu begeistert. „Und Sukuma Wiki!" Seine Stimme wanderte zwischen einem tiefen Bongo Sound und einem Schluckauf hin und her.

„Come on brother, Zulu is gute Koch."
„Das ist Peter, Papa. Peter Bester. "
„Aha, Peter, Peter the Best, good name, lucky name."
Zulu kochte.

Wir alle mussten von den Köstlichkeiten probieren. Ugali war eine Pampe aus Mais und Wiki ein Rindfleischeintopf. Alles heftig scharf und tatsächlich genießbar. Auch die Krankenschwestern, die sich an der Tür drängten, ihre Arbeit vergaßen und diesen schwarzen Massai anhimmelten, bekamen jede eine Schüssel. Schwester Monika wurde ganz rot im Gesicht. Die andere, Schwester Petra, eine kleine mit langen Haaren, warf Zulu heiße Blicke zu. Mutu und mir war es peinlich. Aber Zulu fand es gut.

Nach dem Essen packte Zulu aus seinem Brustbeutel Fotos seiner Familie aus. Zulus Dorf bestand aus wenigen Hütten, die aus Kuhscheiße gebaut waren, vor denen massenhaft schöne halbnackte Schwarze mit einer Horde Kinder standen und verschämt in die Kamera lächelten. Da versanken die Krankenhaus-Groupies in Nachdenklichkeit.
„This is my family, my brother, my sisters and look: this is my mother."
„Hier wohnst du?", fragte ich ebenfalls leicht verwundert.
„No, now I live in Nairobi. I'm a cook in Hilton. Very good job. I tell you. Aber jetzt ich hierbleiben, bei Mutu und Sandra."
„Und warum kommst du in diesem Kostüm?"
„Kostum?"

„Na ja, diese Decke und die ganzen Klunker."

„Zulu is a warrior. I come to defeat Mutus sickness." Er lachte und zeigte seine weißen Zähne. Ich wusste nicht, ob er es ernst meinte. Aber es war nachvollziehbar.

Als Zulu, die Liebeserklärung in Farbe, erschien, hatte auch Sandra ihr Sorgenkäppi abgesetzt und lachte mit Mutu um die Wette. Sandra und Zulu waren eindeutig die dicksten Freunde der Welt. Da kam das Liebesgeflüster mit meinem Vater nicht nach und wurde auf elegante Weise aus der Welt gefegt.

Auch Maggy und HL-5 kamen, und das Leben wurde zu einer Party, als wäre die Welt ganz easy und ohne Probleme, Sorgen oder Krankheiten. Ich bedachte aber Engelhards Worte und hielt die Augen offen, beobachtete alles, was um Mutu los war, ganz genau. Wie ihr Schutzengel halt. Im Hintergrund, still und wachsam.

An einem Abend, als ich noch einmal in die Klinik zurückkam, stieß ich auf eine panische Unruhe auf der ganzen achten Etage. Mein Herz setzte aus. In Mutus Zimmer angekommen, traf ich auf eine aufgeregte Schwester Monika und Mutus leeres Bett. Gott! Schreckliche Gedanken schossen auf mich ein. Wurde sie gerade operiert, oder ist sie schon tot?

„Wo ist Mutu?"

„Ja, das wüsste ich auch gern. Weg! Und ihr Vater auch!"

Warum bin ich denn überhaupt weggegangen? Zulu hatte sie entführt oder gar mit seinen Woodoo-Streichen getötet? Wie erkläre ich das Engelhard?

Ich schaute mich um. Zulus Tücher und der ganze Kram waren noch da. Das war beruhigend. Wir suchten überall. Im Raucherzimmer, in der Toilette, im Bad. Schließlich trafen wir sie auf der Straße vor dem Klinikeingang.

Zulu fuhr Fahrrad. Die Röcke hochgekrempelt, trampelte er sorglos auf uns zu. Hinten am Fahrrad war sein Anhänger befestigt, in dem Mutu im Schneidersitz hockte.

„Wo wart ihr? Wir suchen euch seit Stunden! Ohne Einwilligung des Oberarztes darf man die Klinik nicht verlassen!" Schwester Monika versuchte wütend auszusehen. „He, und das ist mein Fahrrad! Herr Zulu, habe ich Ihnen das etwa erlaubt?"

„Wir sind Tiere gucken."

„Tiere gucken?"

„Ja, wir waren im Zoo", klärte uns Mutu auf. „Zulu wollte mir alle Tiere zeigen, die es in Kenia gibt. Elefanten, Giraffen, Zebras, Pelikane, Flusspferde... Er kann nämlich mit Tieren sprechen." Mutu leuchtete vor Stolz auf ihren Vater. Zulu hätte den größten Kasper abgeben können, sie fand ihn halt großartig.

„Ich nehme Mutu, wenn gesund, nach Kenia. Safari, you know?"

Dieser Typ war echt geil.

Später im Zimmer veranstaltete Zulu ein großes Fest.

„Wir mussen tanzen, wir schicken böse Geister weg."

Zulu machte geile Trommelmusik, und Mutu tanzte. Ihr Becken machte sich selbständig, drehte, wackelte und schüttelte sich. Sie wirkte total gesund. Fröhlich und leicht. „Oh du göttliche Erscheinung!", dachte ich.

„Look, look, Mutu gesund!", freute sich Zulu und animierte alle, die neugierig ins Zimmer kamen, zum Mittanzen. Mir blieb nichts anderes übrig, als auf der Pissschüssel den Rhythmus mitzutrommeln.

Die folgenden Tage blieb Zulu pausenlos bei Mutu. Er brachte sie zum Lachen, kochte für sie und schlief auf dem Boden neben ihrem Bett. Das Krankenhauspersonal liebte ihn und keiner traute sich, ihn wegzuschicken. Am glücklichsten aber war Mutu. Sie schlief nicht mehr die ganze Zeit über und war wieder wie früher.

„Hey, Mr. Best! What do you think?", sagte Zulu einmal zu mir mit dem Blick zu Mutu.

„Ich denken der Kopfnuss weg, weg aus Kopf."

„Ja, das wäre super", meinte ich. Vielleicht hat sich der Tumor tatsächlich verdrückt. Dank Zulus Kochkünsten.

„Das ist Zulu. Zulu und seine verrückten Ideen. Er findet immer etwas, wofür er sich begeistern kann. Er kennt keinen Kummer", meinte Sandra, als sie mich am Abend nach Hause fuhr.

„Meinst du, dass es ihr hilft?"

„Was?"

„Na, ja. Zulus gute Laune. Meine Oma behauptet, dass eine positive Einstellung Berge versetzen kann. Also zum Beispiel Krankheiten heilen kann."

„Ich weiß nicht, aber ich wünsche es mir sehr, Peter."

Die Aufgabe, die ich übernommen hatte, während Engelhard unterwegs war, entpuppte sich als nicht ganz einfach. Ich schob vor mir eine Horde Probleme, die ich nicht beeinflussen konnte. Ich wusste nicht einmal, auf welches Pferd ich in diesem Rennen wetten sollte. Auf die Ärzte, die im Gehirn herumstochern und den Tumor absaugen wollten? Sollte ich mich auf die Apparate verlassen und auf legale Drogen? Oder auf Zulu, der wie ein Zauberer Mutus Geister wieder weckte? Oder auf die diversen Schutzengel, denen die weltlichen Probleme und Gefahren offenbar aus der Kontrolle gerieten? Und die es sogar darauf anlegten, Mutu für sich zu gewinnen? Zulu oder Engelhard, die beiden Freaks oder der ehrwürdige Professor, der rationale Feinmechaniker, das Sinnbild der deutschen Gründlichkeit? Wer wird das Rennen gewinnen?

27.

Und dann war es soweit. Am vierten Tag kam der Henker, oder besser gesagt, der Todesengel mit dem Rasierapparat und erklärte Mutus Rastalocken den Krieg. Mutu saß seitlich auf dem Bett, die Zehen verkrampft, Tränen in den Augen. Wie ein Berserker biss sich der Rasierer mit kehligem Brummen durch Mutus Rasta-Locken, die in Büscheln auf den Boden fielen, und hinterließ kahle Furchen auf ihrem Kopf.

„Du beißt ihr die Seele aus, hör damit auf!" Zulus Stimme überschlug sich, während er versuchte Schwester Diana, eine große hagere Vogelscheuche, die offenbar nur für diese Hinrichtung hergeholt wurde, zu bremsen.

„Haltet mir den Medizinmann vom Leib", brummte sie Sandra und mir zu. „Wir müssen sie vorbereiten. Wie sollen wir denn operieren, durch die Nase?"

Sandra zuckte mit den Schultern, und wir packten Zulu und schleppten ihn aus dem Zimmer.

Auf dem Flur stand auch schon Engelhard. Anscheinend aber nur für mich sichtbar, denn weder Zulu noch Sandra reagierten auf ihn. Wir drei bis vier setzten uns also auf unseren Stammplatz, die Bank vor Mutus Zimmer, und warteten.

„Was machen sie mit ihr? Wir wollen das nicht." Zulu war außer sich.

„Sie bereiten sie auf die Operation vor. Heute Mittag kommt Professor Hirschfeld. Er soll der beste Neurochirurg in Deutschland sein. Du musst ihm vertrauen, Zulu. Außerdem haben wir keine andere

Wahl." Sandra streichelte zärtlich Zulus Hand und Zulu verstummte.

Nach einer geschlagenen Stunde, in der ich nicht mit Engelhard kommunizieren konnte, ohne dass man mich für einen Irren gehalten hätte, wurde Mutu auf einem Bett aus dem Zimmer an uns vorbei geschoben und verschwand hinter der Schwingtür mit der Aufschrift: *OP-Bereich, Eintritt verboten*. Dann stolzierte eine Meute junger Weißkittel an uns vorbei, bog vor dem OP-Bereich nach links ab und verschwand hinter einer Tür mit der Aufschrift: *Galerie*.

„Lasst uns unten Kaffee trinken gehen, ich halte es hier nicht mehr aus." Sandra stand auf und schaute Zulu und mich auffordernd an.

Zulu erhob sich, aber ich blieb sitzen.

„Ich warte hier. Ich rufe euch, wenn sich etwas tut."

Als die beiden außer Hörweite waren, löcherte ich Engelhard mit Fragen

„Na, was ist? Konntest du etwas ausrichten? Wird ihr jemand helfen? Erzähl, wie sind die Aussichten?"

„Ich hab getan, was ich konnte", sagte Engelhard, wie mir schien, recht ausweichend. „Lass uns auf die Galerie gehen, so etwas lässt sich sehen." Er zog mich hoch und schubste mich vor sich her. Ohne jemanden zu fragen, öffnete er die Tür zur Galerie und bugsierte mich in einen gestuften Raum, dessen Längswand verglast war. Auf den Stufen am Geländer gelehnt stand die Bande Weißkittel, die vorhin an uns vorbeigeschlurft ist. Ich schlussfolgerte, es waren Medizinstudenten.

Engelhard und ich drängten uns in die erste Reihe. Von hier konnte man wie bei einem Pop-Konzert den ganzen

OP-Saal überblicken und gleichzeitig in Großaufnahme die Zauberei der Neurochirurgen auf einem Bildschirm verfolgen.

Mutu, eingewickelt in sterile Tücher, saß auf einem Stuhl, der einem Zahnarztsessel ähnlichsah. Der Kopf war in einem Gestell festgeschraubt, als käme sie gerade vom Mars angeflogen. Auf ihrem rasierten Kopf, der gerade sterilisiert wurde, hatte jemand mit dickem, rotem Filzstift eine Zeichnung gemalt, die wie eine Leiter aussah. Es war sehr still im Raum, nur leises Klappern von Instrumenten und das Ticken der Geräte, die alle mit Schläuchen an Mutu hingen, war zu hören.

Dann machte jemand leise klassische Musik an, und Professor Hirschfeld betrat wie ein Schauspieler die Bühne, den OP-Saal. Während er den Meldungen seines Assistenzarztes lauschte, verrenkte er seine Finger in tänzerisch gymnastischen Bewegungen, schüttelte die Arme und kreiste mit seinem Kopf. Schwester Vogelscheuche, die ich trotz der Vermummung an ihrer hageren Größe erkannte, reichte ihm ein Skalpell. Der erste Akt des Dramas begann.

Ohne mit der Wimper zu zucken schnitt der Maestro in kontrollierter Bewegung entlang der vorgezeichneten Linie in Mutus betäubte Haut. Das wenige Blut, das herauskam, wurde sofort von der Schwester abgetupft. Und nun machte sich der Assistenzarzt, der offenbar nur die niedrigeren Arbeiten ausführen durfte, daran, die Kopfhaut wie eine leicht behaarte Speckschwarte vom Schädelknochen abzutrennen, bis ungefähr zehn mal zehn Zentimeter Knochen sichtbar wurden. Die abgetrennte Kopfhaut wurde mit Haken und Klammern am Rand festgezurrt und damit der Schädel freigelegt.

Ich schluckte und stieß Engelhard mit dem Ellbogen an. Denn jetzt kam der dritte Vermummte mit einem Akkubohrer in der Hand. Wie ein gewöhnlicher Handwerker setzte er den Bohrer an und bohrte unter enormem Lärm drei, etwa einen Zentimeter große Löcher in einem gleichschenkligen Dreieck angeordnet in den Schädelknochen.

Die Studenten hinter uns zückten die Stifte und raschelten mit ihren Notizblöcken. Ich brauchte nichts aufzuschreiben, so eine abgefahrene Session werde ich mein Leben lang mit jedem einzelnen Detail behalten. Da war ich mir sicher.

Die Musik beruhigte kurz die Baustellenatmosphäre. Gleich wurde sie erneut von kreischenden Sägegeräuschen übertönt, und die Haare auf meinen Unterarmen standen Spalier. Die Säge war eigentlich ein dünner Draht, den der Arzt durch die Löcher unter dem Schädelknochen durchgeschoben hatte, und an beiden Enden festhielt. Durch kräftiges Hin und Her zersägte er den Knochen. Zuerst die beiden kürzeren Seiten, dann die Hypotenuse.

„Padaaam…", die Bläser jubilierten, dann kamen die Geigen. Die Musik plätscherte weiter vor sich hin, als wäre nichts Besonderes passiert.

Ich konnte Mutus Gesicht nicht sehen, aber ich hätte wetten können, dass sie wach war. Und tatsächlich, als der Arzt fragte: „Hast du Schmerzen, Mutu?", antwortete sie: „Nein, es ist alles nur so komisch. Mein Kopf fühlt sich an wie ein Haus, das gerade abgerissen wird."

Professor Hirschfeld lachte. „Gut, aber wenn du Schmerzen hast, sag Bescheid."

In diesem Augenblick steckte er Zeigefinger und Daumen in die Löcher im Schädel und trennte vorsichtig das ausgesägte Knochendreieck wie ein Puzzleteil aus dem Schädel heraus. Unter dem Knochen befand sich eine weißliche Plane, eine dünne Haut, so etwas wie eine Plastiktüte.

„Dura mater", flüsterte es in der Reihe hinter uns wie beim Stille-Post-Spiel.

Professor Hirschfeld streckte den Arm aus, eine abgeschrägte Schere wurde in seine Hand gelegt. Nur ein leichter Schnitt und die Hirnhaut platzte wie eine pralle Blase. Eine durchsichtige Suppe strömte heraus und entblößte das Gehirn, das wie eingelegte dicke Würmer aussah.

Es war nicht schön anzusehen, hatte aber etwas Unschuldiges und tief Trauriges an sich. Eine pulsierende Masse, schwabbelig und stumm. Damit denken wir, damit fühlen wir, dachte ich und hatte das Gefühl, etwas Göttlichem und gleichzeitig auch Tierischem zu begegnen.

Dieses Gefäß eingelegter Würmer gebar die genialsten Erfindungen und Gedanken; aber auch die fiesesten, bösartigsten und zerstörerischen. Ich wusste, dass die Gehirnmasse aus diversen Zentren und Kernen zusammengesetzt war, von denen jedes eine spezielle Aufgabe hatte. Bei jedem Menschen gleich. Und trotzdem! Durch weiß der Kuckuck was, die chemischen Reaktionen oder die Häufigkeit und Art und Weise, wie diese Zentren beansprucht wurden, konnte aus jedem Menschen, also aus seinem Gehirn, der größte Irrsinn aber auch Geniales herauskommen. Und gerade dieser Vorgang war trotz entblößter Hirnmasse nicht wahrnehmbar. Ehrlich gesagt erwartete ich nicht, dass ich dort Mutus hin und her springende Gedanken zu sehen bekomme. Obwohl diese blutige Masse unentwegt arbeitete, wirkte sie im Verborgenen.

Die Ärzte stocherten und wühlten noch eine Weile herum, bis auf dem Monitor etwas Weißes Schwabbeliges, Frischkäse ähnliches mit schwarzen Punkten besetztes in der Großaufnahme erschien. Der Tumor.

„Da ist er! Wir haben ihn!", jubilierte der Professor, als hätte er gerade eine Maus gefangen. Er stocherte ein paar Mal mit einer langen Pinzette und einem spitzen Gegenstand in der Masse herum, (erst später verstand ich, dass er den Tumor von dem herumliegenden Gewebe befreite), und überließ dann die Patientin dem Arzt mit dem langen Sauger, der langsam und vorsichtig die Käsemasse absaugte, während eine Schwester dem Prof. den Schweiß von der Stirn abwischte.

Die Ärztin, die den Monitor mit Zickzack-Kurven nicht aus den Augen ließ, drehte sich abrupt auf ihrem Drehstuhl um.

„Sie bekommt einen Anfall", rief sie aufgeregt. „Sie bekommt einen Anfall!"

„Unterbrechen!", befahl der Prof. und ging um den Stuhl herum, um Mutu von vorne anzusehen. Er sagte etwas, was ich nicht verstand. Plötzlich bewegten sich alle schneller. Eingespielte Roboter auf einem fernen Planeten. Ein rotes Licht blinkte, das Loch, also das Gehirn, füllte sich mit dunkelroter Flüssigkeit. Der Arzt mit dem Sauger saugte sie ab. Plötzlich ein schneidend hohes Piepen, das so abrupt verstummte, dass die Stille, die danach folgte, mir Schmerzen bereitete.

Aus allen Ecken strömten grüne Männchen zu Mutus Sitz, bückten sich über sie und verdeckten uns die Sicht. Der Professor warf die Schere oder was es auch war, von sich und trat gegen den mit sterilisierten Geräten voll beladenen Rollwagen, bis dieser scheppernd in der Ecke landete. Hinter meinem Rücken rumorte es. Jemand sagte: „Verdammt!" und „Oh, nein!", und dann war es still, grabesstill.

Ich wollte losrennen, durch die Scheibe in den Saal springen, Mutu dem Todesengel entreißen. Denn ich war jetzt sicher, dass Schwester Diana ein Todesengel war, sie war die, die am Monitor saß, sie war die…! Ich erhob mich, aber Engelhards Arm, den er mir um die Schultern legte, lastete bleischwer auf meinem Rücken und drückte mich auf die Stufe zurück. Meine Beine füllten sich mit Beton, unmöglich sie zu bewegen.

„Engelhard, tu etwas! Sie stirbt! Tu etwas, bitte!" Meine Stimme versagte.

Engelhard schaute ruhig mit einem milden Lächeln im Gesicht auf die Aufregung. Am liebsten hätte ich ihn geschlagen, seine arrogante Fresse poliert. Aber ich konnte nicht vor den Augen der Studenten in die Luft boxen. Es reichte schon, dass ich Selbstgespräche führte.

Die Stille im Saal wies die Unendlichkeit einer Sekunde auf. Und in diese Stille mischte sich zuerst zögernd und dann immer bestimmter und lauter das Ticken des EKG-Gerätes. Ich hob den Kopf und sah, wie sich der Kreis der Ärzte langsam wie die Lotusblume beim Sonnenaufgang auftat und das Leben in Mutus Körper zurück schlüpfte. Im Augenwinkel sah ich etwas Leichtes, Silbriges durch das Fenster des OP-Saals verschwinden. Die Musik, die jemand wieder angestellt hatte, erreichte jetzt ein opulentes Ende. Professor Hirschfeld schüttelte jedermann gönnerhaft die Hand und verließ den OP-Saal.

„Hallo!", wollte ich rufen, „Das geht doch nicht! Was passiert mit Mutu jetzt?" Gab der auf, der Feigling? fragte ich mich. Aber offensichtlich war für ihn die Sache beendet.

Nun schritten die einfachen Handwerker zur Tat. Der Dreiecksknochen wurde wiedereingesetzt, die Klammern gelockert und die Haut abgerollt. Das Nähen und den ganzen Rest sah ich nicht mehr. Schachmatt lehnte ich meine Stirn gegen das kühle Geländer. Ich fühlte mich, als hätte ich selbst den Eingriff vollbracht, oder als hätte mir jemand im Gehirn herumgewuselt. Engelhard grinste mich feierlich an.

„Gute Arbeit", sagte er und schaute nach oben. Ich wusste nicht, ob er den Himmel oder die Ärzte meinte. Mir war es, ehrlich gesagt, auch egal. Hauptsache Mutu ging es gut. Das hoffte ich sehr.

28.

Mutu wurde auf die Intensivstation verlegt. Solange sie mit diversen Geräten verbunden war und ein Schlauch aus dem Loch in ihrem Kopf ragte, durften nur Sandra und Zulu zu ihr.

Engelhard verließ das Krankenhaus Tag und Nacht nicht mehr. Er stand wie ein Marmorheiliger vor Mutus Tür. Und ich wiederum durfte ihn nicht aus den Augen lassen. Jetzt war ich sozusagen sein Bewacher. Denn ich wusste immer noch nicht, ob er Mutu nicht um die Ecke bringen wollte, um sie für sich zu haben. Andererseits sah es so aus, als wäre die OP gut verlaufen. Wenn er gewollte hätte, gab es Gelegenheiten genug, Mutu sterben zu lassen. Aber das waren alles nur Vermutungen.

„Was meinst du? Wird Mutu wieder gesund?"
„Ich meine, ja."
„Meinst du, oder weißt du es?"
„Ich hoffe es."
„Ach, vergiss es einfach!"

Ich musste akzeptieren, dass mir Engelhard nicht alles erklären konnte. Sicher war er an eine Schweigepflicht gebunden, so wie die Ärzte. Betriebsgeheimnisse musste man respektieren. Wir hingen also beide untätig und stumm vor der Tür der Intensivstation und warteten auf die Nachrichten über Mutus Zustand.

Interessant war, dass diesmal ich der Unruhige war. Ich konnte keine Sekunde ruhig sitzen oder stehen und lief deswegen den langen Flur hin und her. Meine Gedanken schlugen Haken, was zur Folge hatte, dass ich nicht geradeaus denken konnte. Das einzig Sichere war, dass Sandra und Zulu wieder Freunde waren, mehr als Freunde.

Aber Mutu? Wie würde sie sein, wenn sie von der Intensivstation zurückkommt? Wird sie sprechen, laufen können? Wird sie sich an uns erinnern? Bisher konnte sie nur kurz die Augen offenhalten, erzählte Sandra, und das hatte sie so erschöpft, dass sie danach wieder Stunden schlief.

Wenn ich an Mutus schlafendes Gesicht dachte, spürte ich eine Wärme in mir und eine Gewissheit, dass ich Mutu nie verlieren werde. Ich schwor mir, sollte sie sterben, werde ich mit ihr gehen. Nicht nur bis ans Ende der Welt, sondern bis ans Ende des Universums. Die Frage war nur, ob ich es auch bis zum Schutzengel schaffen würde und in ihrer Nähe sein konnte. Aber hier auf der Welt ohne sie zu bleiben, war für mich unvorstellbar. Das Warten war unerträglich.

Engelhard hingegen war ganz cool. Er wurzelte, wie gesagt, versteinert vor der Tür und wartete. Er war immer da, auch wenn irgendwie abwesend, für die anderen sowieso unsichtbar. Auch für mich nur schemenhaft. Mich ließ er total links liegen. Ich wusste nicht, was passieren würde, wenn ich fortginge und mir etwas zustoßen würde. Da wäre ich absolut ohne

Schutzengel nur auf mich angewiesen. Das war aber nicht so schlimm. Hauptsache Mutu würde gesundwerden. An Lucy musste ich auch ständig denken und an meine Eltern. Aber in diesem Zustand, in dem ich mich befand, war alles schwebend, unfassbar. Ich war wie ein Gefangener meiner wirren Hirngespinste. Wie Rumpelstilzchen auf Droge. Ich musste raus, mich bewegen, auf andere Gedanken kommen.

„Ich gehe nach Hause, muss etwas anderes tun, mich aufs Ohr hauen oder so. Kannst du hier Wache halten? Ich verlasse mich auf dich."

Engelhard nickte, und ich verließ das Krankenhaus.

Zu Hause aber ging es mir nicht besser, eher schlechter. Meine Eltern waren beide arbeiten, meine Schwester zurück in Lübeck. Ich aß die Reste vom Frühstück. Für komplizierte Gerichte hatte ich keine Ruhe, trank den kalten Kaffee aus der Kanne und dachte daran, wie ich mich ablenken könnte. Das Einzige, was momentan meine Rettung sein könnte, wäre der Roller meines Vaters. Ich könnte einen Ausflug machen, über das Land sausen, die Hirngespinste aus meinem Kopf pusten. Aber ich war kein vollkommener Trottel! Ich wusste, es wäre mein Tod, wenn ich den Roller noch einmal anfassen würde. Bis zum Rollerführerschein fehlten mir noch drei, bis zum Autoführerschein noch fünfzehn Monate, wenn ich den mit Siebzehn machen wollte. Eine ewige Ewigkeit. Die schlechtere Alternative war mein rotes Fahrrad, das ich seit zwei Jahren aus Prinzip nicht mehr fuhr, weil meine Mutter von mir verlangte, dass ich einen Helm trug. Ein Helm auf dem Roller war für mich OK, aber auf dem Fahrrad? Lächerlich! Da aber

209

keiner zu Hause war, der mich nerven konnte, fuhr ich mit dem Fahrrad los – ohne Helm.

Ich schoss durch die Straßen ohne Ziel. Es war nicht dasselbe wie mit dem Roller, aber die Geschwindigkeit tat mir gut. Das Wetter war schön. Überall noch Ferienstimmung, keine schreienden Schulkinder, denen man ewig ausweichen müsste, wenig Autos. Ich fuhr zum Fußballplatz, dort war aber keiner, den ich kannte. Dann zur Pipe. Aber auch hier blödelten nur Säuglinge herum. Ich fuhr weiter und weiter. Plötzlich stand ich vor dem Friedhof. Das Grab meines Zwillingsbruders fand ich ohne Probleme. Ich betrachtete es lange. Ein Stein, gelbe, verwelkte Blumen, ein Foto von einem Hosenscheißer. Es hatte sich nichts verändert. Aber heute hatte ich das Gefühl, dass ich den Jungen kannte. Dass ich mich an Paul vage erinnern konnte. Oder waren es die Fotos, die ich zu Hause so genau betrachtet habe? Es war nicht nur die Erinnerung an Pauls Gesicht, sondern auch an ein Gefühl, einen Geruch, einen Sound. Ich konnte mich an das Gefühl erinnern, als Paul noch neben mir saß. Auf der Wiese, im Auto, am Tisch. Ein seltsames Gefühl, ein warmes, sicheres Gefühl. Ich konnte meine Mutter verstehen, dass sie um ihn trauerte. Ob sie ihn mehr geliebt hatte als mich? Das war ein schrecklicher Gedanke. Ich sprang auf mein Fahrrad und fuhr davon. Und dann machte ich die Probe.

Engelhard stand auf demselben Fleck vor der Tür der Intensivstation und fixierte sie, als möchte er sie hypnotisieren. Er sah mich nicht kommen. Ich kam mit dem Aufzug und stand jetzt auf dem Flur. Die Aufzugtür ging langsam zu, und der Aufzug fuhr mit einem Seufzer weiter. Alles war still, niemand außer mir und Engelhard, der ungefähr zehn Meter von mir entfernt stand, war zu sehen.

Ich wartete einen kurzen Moment, atmete tief ein und rief, ziemlich leise: „Paul!"

Und das, was passierte, war ganz eindeutig, ganz klar, zweifelsohne: Engelhard drehte den Kopf und schaute mich an. Es half auch nicht, als er seinen Kopf wieder zurückdrehte und tat, als wäre nichts gewesen. Engelhard, der verquere Schutzengel, der blonde, blauäugige und weißhäutige Junge, war mein Bruder Paul!

Hätte jemand eine Idee, was man in so einem Moment macht? Fällt man sich in die Arme? Sollte ich ihn ohrfeigen? Sollte ich schreien? Mich freuen? Die Ereignisse überforderten mich total. Diese Information übertraf alles, aber gleichzeitig war ich stolz, dass ich draufgekommen war. Ab jetzt wollte ich alles wissen.

Die Erklärung war ganz einfach. Einfach und naheliegend. Engelhard war tatsächlich mein Zwillingsbruder, mit zwei Jahren verstorben, seitdem mein Schutzengel.
„Ist es denn normal, dass sich die Schutzengel materialisieren? Sich so einmischen wie du?", fragte ich ihn.

„Nein, überhaupt nicht, aber ich habe es nicht mehr ausgehalten."

„Ausgehalten was?"

„Na ja, du kamst mir ziemlich einsam vor."

„Blödsinn! Wieso einsam?"

„Na ja, so halb, so. Und die Geschichte mit deinem Vater und Sandra… und vor allem unsere Mutter… sie ist immer noch traurig."

„Aha, du findest mich einsam und baggerst vor meinen Augen Mutu an. Was ist das für eine Heldentat?"

„Ja ich weiß, ich habe alles vermasselt. Ich habe mich über die Schutzengelgesetze hinweggesetzt und nichts erreicht. Ich dachte, wenn ich alles kläre, dann bekomme ich vielleicht keinen Stress da oben. Aber jetzt…"

„Ach, übertreibe nicht. Vieles ist schon wieder im Lot." Ich wusste zwar nicht, was im Lot war, aber so schlimm schien es im Moment nicht mehr zu sein. „Du bist mein Zwillingsbruder. Ich finde es großartig, dass wir uns getroffen haben. Du nicht?"

„Doch, doch." Engelhard hängte den Kopf und sah wie ein verregneter Engel aus. Sein Heiligenschein hing leidlich tief.

Jetzt fing auch ich zu grübeln an. Dann aber hatte ich die zweite geniale Idee an diesem Tag.

„Hör mal. Ich weiß zwar nicht, was du darfst und wie viel Einfluss du auf den Lauf der Dinge hast. Aber Mutus OP war schon ein Glanzstück. Ich nehme an, du hast die Finger im Spiel gehabt."

Engelhard nickte vage.

„So und die Sache mit dem Lernen war auch nicht übel. Wir haben es gemeinsam geschafft. Es dreht sich alles zum Guten: Mein Vater und Sandra sind Geschichte, hoffentlich. Mutu wird gesund, hoffentlich. Jetzt musst du mir nur mit meiner, eh ich meine, unserer Mutter helfen. Wir gehen gemeinsam zu ihr."

„Nein!", schrie er und sprang auf. „Das geht nicht!"

„Warum nicht?"

„Du hast keine Ahnung. Es war schon eine große Ausnahme, dass du mich sehen konntest. Darum!"

„Na ja, dann mach doch noch eine Ausnahme."

„Vergiss es einfach."

„Was soll das? Wenn es um dich geht, bestehst du nur aus Ausnahmen. Was war das denn: sich auf dem Rollbrett produzieren, sich materialisieren und Mutu anbaggern, tagelang mich vergessen und hierbleiben, während ich mich in England mit einem sadistischen Security guide herumplagen musste? Und jetzt hockst du nur hier, tust gar nichts außer dich bemitleiden! Das ist Klasse, du bist ein klasse Freund. Ich meine, Bruder!"

„Ach komm mir nicht so! Das ist Erpressung. Außerdem habe ich null Idee, wie ich es anstellen soll. So alles kann ich auch nicht."

„Dann streng deine heilige Birne an! Das bist du mir und unserer Mutter schuldig!"

Ich hatte ihn fast so weit, als Sandra und Zulu gerade aus der Intensivstation traten und unser Gespräch unterbrachen. Sie sahen natürlich nur mich, und so fragte mich Sandra, ob ich mich nicht kurz zu Mutu setzen könnte, sie müsse mit Zulu zum Ausländeramt.

Natürlich war ich sofort dabei. Die Schwestern hatten auch nichts dagegen. Engelhard stand ruckzuck neben mir und wollte mitkommen.

„Nein, ich gehe alleine. Du bleibst hier."

Er wehrte sich nicht, nickte nur und setzte sich hin.

Schwester Monika zog mir einen grünen Kittel an und gab mir einen Mundschutz. Ich wuchs um einige Zentimeter und fühlte mich bereits wie ein bedeutender Neurochirurg.
Mutu lag mit geschlossenen Augen auf den weißen Kissen und sah wie eine ägyptische Königin aus. Dunkelhäutig, den Kopf rasiert, durch Schläuche mit dem Leben verbunden.
„Mutu", flüsterte ich.
Sie bewegte leicht die Augenlider, die Augen aber blieben verschlossen.
„Mutu", sagte ich noch einmal vorsichtig. „Ich bin damals nicht wegen den Fröschen gekommen. Das war nur ein Vorwand. Mein Vater und deine Mutter kennen sich. Also, ich meine, sie waren zusammen. Das finde ich gut, weil ich Sandra, also deine Mutter auch mag. Na ja, eh', weil ich dich sonst nie kennen gelernt hätte. Andererseits war es mies gegenüber meiner Mutter. Aber es ist etwas passiert, was stark nach einem Wunder aussieht. Du hast deinen Vater wieder, und deine Mutter hat ihren Freund wieder. Das ist aus zwei Gründen gut. Sie war mit meinem Vater zusammen. Das war dann weniger gut. Du verstehst.
Ich bin nur deswegen zu euch in die Fabrik gekommen. Die ganze Geschichte erzähle ich dir, wenn du wieder gesund bist. Aber meine Mutter, die macht mir Sorgen…
Und das ist, weil Engelhard - ich meine Angelo - also besser gesagt Paul… Wusstest du eigentlich, dass ich einen Zwillingsbruder hatte? Einen süßen blonden Lockenkopf Hosenscheißer? Und dieser Typ ist

gestorben…" Und ich erzählte und erzählte. Dann traute ich mich und nahm ihre Hand. Sie war kühl und schwer.

„Mutu", sagte ich leise, „Mutu, du bist meine Freundin, bitte werde gesund, komm zurück…" Dann sagte ich nichts mehr, denn mein Hals krampfte sich zusammen. Aber dann tat ich etwas, was mich selbst überraschte. Ich stand auf, beugte mich über Mutus schlafendes Gesicht und küsste sie, nur ganz leicht auf die Lippen.

Als ich dann aus dem Krankenzimmer trat, bin ich vor Schreck fast aus den Galoschen gekippt. Vor mir stand Engelhard, weiß wie die Wand, einen Strauß weißer Blumen vor der Nase.

„Ich bin nicht wegen den Fröschen gekommen", sagte er und verschwand im Zimmer.

Was will der Weihnachtsmann schon wieder hier? Dachte ich und wollte ihn schon am Kragen packen, wenn nicht mein Handy geklingelt hätte, und zwar die Melodie von Like a Hobo, die ich für Lucys Anruf gespeichert hatte. Endlich! Dann erst merkte ich, dass es nur eine SMS war, dafür aber eine sehr sehr lange. Ich lehnte mich gegen die Wand und las:

My dear German, (also mein lieber Deutscher),

es tut mir so so leid, dass ich mich so lange nicht gemeldet habe, aber es ist zuerst etwas Schreckliches passiert, und dann ist etwas Wunderbares passiert und dann noch fast ein Wunder. (Wie bei mir, dachte ich.)
Als mein Vater erfuhr, dass ich mit Dir zusammen bin, hat er mich zur Strafe in meinem Zimmer eingesperrt. Er

nahm mir auch das Handy weg und vernagelte den Fensterrahmen, damit ich nicht auf die Idee komme, aus dem Fenster zu klettern. Das habe ich nämlich früher, wenn ich Hausarrest hatte, immer gemacht. (Sieh mal einer an, die süße rosige Lucy) Aber jetzt saß ich hier und weinte und hoffte, Du kommst und befreist mich. Aber dann wieder hoffte ich, Du kommst nicht, denn mein Vater hätte dir bestimmt ein blaues Auge verpasst.

Am fünften Tag kam dann Terry (den kennst Du von der Kirmes, ich war früher mit ihm zusammen). Ich weiß nicht woher, aber er wusste, dass irgendwas mit mir war. (Von mir, liebe Lucy, ich hatte offensichtlich am Strand einiges herumerzählt.) Terry brachte alle seine Freunde mit. Da hatte mein Vater keine Chance mehr. Er war wieder besoffen und schmiss mit allem, was er fand um sich. Aber dann fiel er hin und blieb liegen. Terry und die Kumpels trugen ihn ins Wohnzimmer und legten ihn aufs Sofa. Dann befreiten sie mich. Es war wie in einem Film.

Jetzt stell Dir aber vor, mein Vater hat wieder Arbeit bei der Stadtreinigung. Er lacht, er wäre der Saubermann vom Beruf und trinkt auch nicht mehr so viel.

Ich habe auf Dich gewartet, dass du mich befreist, mein Prinz. Aber dann kam Terry und meinte, Du bist wieder nach Hause und hättest dort eine Freundin. Ich hoffe sehr, er sagt nicht die Wahrheit, doch irgendwie mag ich Terry auch gut leiden. Er war so süß, als er mich aus meinem Zimmer befreit hatte.

Am Schluss noch eine super extra Wahnsinnsnachricht. Ich habe mich bei Britains Got Talent angemeldet. Ich singe dort Teenage Dream von Katy Perry. Stell Dir vor, ich werde im Fernsehen zu sehen sein! Terry sagt, ich kann es schaffen. Ich bin jeden Tag am Üben und spare schon für die Reise und das Hotel. Ein Kleid und neue Schuhe habe ich schon. Schade, Du kannst mich nicht sehen. Das Casting findet am 25. September statt, bitte denke an mich.

Ist es nicht alles wunderbar?

Schreibe mir bitte, wie es Dir geht und dass es mit der Freundin nichts Ernsthaftes ist. Denn du bist für mich immer noch der Beste.

Love and kisses Lucy

Wenn ich berühmt bin, komme ich Dich in Deutschland besuchen.

Ich las die SMS noch einmal und konnte meinen Augen nicht glauben. Es las sich wie ein Märchen, ein Märchen in Rosa. Lucy war nicht sauer auf mich. Sie hatte jetzt Terry. Das war nicht so prickelnd, aber wahrscheinlich passte er besser zu ihr als ich. Ich überlegte kurz, ob ich ihr die Casting Show ausreden sollte. Hier werden die Leute nur fertiggemacht. Aber vielleicht war es in England anders, ohne die Comicfigur Bohlen.

Wieder ein Kapitel abgeschlossen, dachte ich mir und war damit recht zufrieden. Vielleicht wird tatsächlich Lucy mal berühmt, und wir werden uns zusammentun. Ich werde Gitarre spielen, sie singen. Eine rein professionelle Verbindung.

Und da es sich alles so gut anfühlte, endlich die Wahrheit zu erfahren und vor allem die Wahrheit zu sagen, nahm ich mir vor, auch den Rest der Steine, die in meinen Schuhen drückten, loszuwerden.

Als ich zu Hause ankam, stand alles offen, aber kein Mensch da. Auf dem Tisch in der Küche lagen zwei Flugtickets nach Barcelona; ausgestellt auf Mr. and Mrs. Bester. Aha, eine verspätete Hochzeitsreise oder eher Versöhnungsreise? Wie lange waren denn meine Eltern schon verheiratet? Bestimmt über zwanzig Jahre oder sogar länger.

Eigentlich hatte ich vor, meiner Mutter zu sagen, dass es sich nicht lohnte, Engelhard - das heißt Paul - nachzuweinen. Er wäre ein verpeilter Lügner, der massig Ärger macht, sich an Regeln nicht hält. Sie sollte froh sein, dass er unsere Familie nicht von morgens bis abends stresst. Ich wollte es sagen, damit sie sieht, dass sie mit mir schon das bessere Los gezogen hatte.

Aber dann fand ich sie hinten im Garten. Sie saß auf einer Bank und schaute in die Krone des Kastanienbaumes. Sie sah gut aus, so gar nicht wie eine Mutter, eher wie eine Elfe zwischen den Sträuchern und den Blumen. Ich setzte mich neben sie. Nach einer kurzen Weile sagte ich:
„Mama, ich weiß, ich hatte einen Zwillingsbruder. Ich kenne ihn. Er ist mein bester Freund. Er ist jetzt Engel. Er hilft mir bei den Hausaufgaben und in der Schule. Er war dabei, als ich mit dem Roller unterwegs war. Er ist ziemlich durchgeknallt, nervös und nervig, aber er passt auf mich auf. Und ich sage dir, du brauchst dir keine Sorgen zu machen, ihm geht es gut, besser als uns allen, denn er kann fliegen und sich sichtbar und unsichtbar machen und lauter so Zeugs." Ich machte nur eine kurze Pause, atmete tief ein und wollte weitererzählen, aber

dann ganz plötzlich, als wäre er eine Kastanie, die vom Baum fällt, stand Engelhard, also Paul vor uns.

„Das ist er Mama."

Engelhard setzte sich zu uns und grinste.

„Hallo Mama", sagte er und machte ein verwegenes Gesicht.

Schon immer vermutete ich, dass meine Mama einen leichten Knall hatte. Diese Vermutung bewahrheitete sich jetzt: Anstatt in Ohnmacht zu fallen oder einen hysterischen Anfall zu bekommen, verschwand unsere Mutter in der Küche und brachte Kuchen.

„Könnt ihr mir erklären worum es sich hier handelt, Kinder? Und warum ich von dem Ganzen nichts weiß?"

Engelhard und ich legten los und übertrafen uns in den Schilderungen der letzten Monate. Es hörte sich alles schräg an, aber meine Mutter hörte geduldig zu und blieb cool, sogar als ich über England und Engelhard über seine himmlischen Verfehlungen erzählte. Wir berichteten, wie wir uns getroffen haben, über die Schule und dann über Sandra und Mutus Krankheit. Die Geschichte mit meinem Vater und Sandra ließen wir beide lieber weg. Aber ich hatte das Gefühl, dass meine Mutter Bescheid wusste. Zwischendurch verschwand sie und holte noch mehr Kuchen, und dann prosteten wir uns mit einem Glas Sekt zu. So hockten wir dort unter dem Kastanienbaum und aßen Pflaumenkuchen, als wäre nichts passiert, schauten uns alte Alben an und lachten über die Babyfotos.

Am Ende, als es fast schon Abend wurde, klappte unsere Mutter das Album zu, schaute uns an und sagte: „Das habt ihr gut gemacht." Dann streckte sie den Arm, streichelte Engelhards Wange und fragte: „Und hast du auch gute Noten in der Schule, Paul?"

Typisch meine Mutter! Sie saß einem Engel gegenüber, meinem verstorbenen Zwilling und fragte, ob er auch gut in der Schule sei! Wie abgefahren war das?

„Du bist bestimmt ein guter Schutzengel", meinte sie und entließ ihn mit einer königlichen Geste: „Dann bis Morgen im Krankenhaus. Eure Mutu möchte ich auch gerne kennen lernen." Sie war ein Rätsel.

29.

Am nächsten Tag glich das Krankenhaus einer Irrenanstalt. Mutu bekam ihr eigenes Zimmer, und der Schlauch, der wie ein Abwasserrohr aus ihrem Kopf geragt hatte, wurde entfernt. Sie durfte Besuch empfangen. Ihre ganze Klasse drängte sich ins Zimmer, Gerda kam, Maggy und HL-5. Zulu spielte den Reiseführer, erklärte alles bis ins Detail und bewirtete alle mit afrikanischen Köstlichkeiten.

Engelhard und ich fanden das Affentheater albern und verdrückten uns. Wir fuhren bis zum neunten Stock hoch, von hier konnte man aufs Dach gelangen und die ganze Welt überblicken.

„Was war das für eine Nummer gestern mit den Blumen? Willst du sie heiraten oder was?"

„Wen?", fragte der Himmelsbote scheinheilig.

„Eh, wen? Du Flachkopf, Mutu natürlich!"

„Die waren nicht für Mutu."

„Die waren nicht für Mutu? Du bist doch gestern mit einem lächerlichen Blumenstrauß zu ihr ins Zimmer gegangen!"

„Ja, das bin ich. Aber die waren nicht für Mutu."

„Ja, das bist du. Und die waren nicht für Mutu?"

„Musst du denn alles wiederholen, was ich sage? Ich kann mich schon selber verstehen."

„Sorry, aber ich verstehe dich nicht. Du bist doch gestern hier in Mutus Zimmer mit einem Strauß weißer Blumen gelatscht. Oder lag da noch jemand bei ihr im Zimmer, den du anbaggern wolltest?"

„Nicht lag, stand."

„Nicht lag? Stand?"

„Schon wieder!"

„Entschuldige. Aber kannst du es mir näher erklären?"

„Sie waren für Rabea."

„Wer ist Rabea?"

„Sie ist…oh Mann!"

„Ich verstehe, du hast dich wieder verknallt. Aber was macht sie in Mutus Zimmer?"

„Bist du schwer vom Begriff! Was sie in Mutus Zimmer macht? Dreimal darfst du raten."

„Keine Ahnung. Ist sie Krankenschwester?"

„Nein."

„Putzfrau?"

„Nein. Einmal darfst du noch."

„Sie ist Mutus neuer Schutzengel?"

„Bingo! Du hast mich selbst auf die Suche nach einem neuen für Mutu geschickt. Deswegen war ich so lange weg. Ich musste schwer frohlocken, bis sie einwilligte."

„Aha", sagte ich etwas verstört. „Was ist frohlocken?"

„Himmlisch antörnen."

„Aha."

„Rabea ist ein Engel, eine rattenscharfe Engelin, verstehst du?"

„Aha. Und in Mutu bist du nicht verknallt?"

„War ich nie."

„Und das Gedicht und alles?"

„Na ja, das ist schon lange her." Engelhard wurde sichtlich nervös und wand sich hin und her wie eine Schlange.

„Aber…" Plötzlich begriff ich. Rabea war ein Engel und hätte deswegen überall sein können. Unsichtbar.

Irgendwo in den Wolken oder auf der Regenrinne und hörte uns womöglich zu.

„Ja, ja, verstehe. Du wolltest mich damit nur ärgern. Jetzt verstehe ich es!" Ich tat so, als fände ich es enorm komisch. Ich hoffte, damit Rabea, falls sie zuhörte, abzulenken.

„Ja! Ich wollte dich damit nur ärgern! Klar! Und es ist mir gelungen! Ha, ha."

Wir klopften uns noch eine Weile auf die Schultern und gingen dann wieder nach unten.

Später, als der Strom der Besucher versiegte, Sandra und Zulu etwas essen wollten und Engelhard am Frohlocken war, traute ich mich in Mutus Zimmer. Mir war nicht so wohl dabei, denn ich wusste nicht, ob sie etwas von meinem Speech mitbekommen hatte, respektive von meinem Kuss. Vielleicht wartete sie auf Engelhard, und jetzt kam ich.

Sie lag im Bett und sah blass aus, wenn man so etwas von einer Afrikanerin behaupten kann. Auf dem Kopf ein dicker Turban.

„Hey, Peter", rief sie und kullerte mit den Augen, um zu zeigen, dass sie schon etwas beweglicher geworden sei.

„Na, was geht ab?"

„War heute viel los hier. Ich bin etwas müde."

„Oh, entschuldige, soll ich wieder gehen?"

„Nein, nein. Ich liege ja." Sie drückte auf einen Knopf und das Kopfteil des Bettes stellte sich auf. „Sitzen kann ich auch schon, ohne dass mir schwindelig wird, siehst du?"

„Geiles Ding, dein Bett."

„Ja, nicht wahr." Sie drückte auf einen anderen Knopf, und ihre Füße gingen in die Höhe, dann auf einen dritten, und das Bett fuhr hoch, dann wieder herunter."

Wir alberten eine Weile mit dem Bett herum. Mutu war wieder die Alte.

„Hast du noch irgendwelche Schmerzen?"

„Nein, aber ich bekomme Schmerzmittel. Weiß ich also nicht so richtig. Morgen habe ich das erste Mal Krankengymnastik, mal sehen, ob ich schon aufstehen kann."

„Und mit deinen Beinen ist alles in Ordnung?"

Anstatt zu antworten, wackelte Mutu mit ihren Füßen und sagte: „Willst du mit mir gehen?"

„Bloß nicht! Das überlasse ich lieber dem Physiotherapeuten, das traue ich mich nicht."

Mutu starrte mich an.

Ich starrte zurück, und erst dann habe ich es kapiert.

Peinlichkeit dritten Grades.

„Du meinst?"

„Ja ich meine, willst du mein Freund sein?"

„Das sind wir doch schon."

„Weiß ich. Verdammt! Erwarte nicht von mir, dass ich Schatz zu dir sage."

„Aber Angelo, mit dem bist du doch…"

Sie ließ mich nicht aussprechen: „Ach Angelo. Angelo ist ein Engel, lieb und lustig aber für eine Beziehung, ich weiß nicht."

Ich setzte mich zu ihr aufs Bett und musste mir zuerst den Schweiß von den Händen abwischen, bevor ich ihre Hand in meine nahm. Ich schaute ihr in die Augen, und schon wieder konnte ich kein Wort herausbringen.

Mutu saß ganz aufrecht auf dem Bett und schaute zurück. Dann schloss sie die Augen und sagte: „Gestern hatte es sich ganz gut angefühlt."

So küsste ich sie und dann noch einmal. Der Rest ist Privatsache...

30.

Als ich aus dem Krankenhaus nach Hause schwebte und am liebsten mit mir alleine sein wollte, holte mich Engelhard ein. Er hatte nicht mehr meine Klamotten an, sondern die von Zulu. Ein weißer Massai mit Flügeln und Heiligenschein, LOL.

„Hat dich Zulu bekehrt, oder ist heute irgendwo eine Kostümparty?"

„Ich gehe zurück. Meine Mission ist beendet", sagte er ernst und schwebte schon leicht über dem Bürgersteig, als hätte er es eilig.

Ich war sprachlos, aber auch irgendwie mit meiner Birne ganz woanders, bei Mutu und dem Kuss, und so antwortete ich nicht und starrte ihn nur an.

„Ich schau ab und zu bei dir vorbei. Aber das wirst du nicht mehr merken. Vielleicht werde ich auch befördert und arbeite gar nicht mehr im Außendienst."

Jetzt wachte ich auf: „Du hetzt mir aber nicht den Schotten an den Hals? Ich warne dich!"

„Nein, du brauchst uns nicht mehr. Läuft doch alles wieder wie geschmiert. Jetzt passiert nichts Aufregendes mehr. Alle sind glücklich und zufrieden, das wird langweilig."

„Findest du es nicht langweilig, den ganzen Tag auf der Wolke zu hocken?"

„Nein, Rabea ist auch da. Und du brauchst mich echt nicht mehr. Höchstens bei deiner Führerscheinprüfung."

„Ja, aber…", stotterte ich, aber da war er schon weg, nachdem er mir einen Kuss auf die Wange hauchte. Also doch schwul?

Man behauptet, Engel wären asexuelle Wesen. Das Gegenteil ist wahr, sie verlieben sich in alles, was Röcke trägt und sind auch noch schwul obendrauf. Das ist krass!

Nachwort

Seitdem Mutu wieder gesund ist, ist unsere Familie (sogar meine zugeknöpfte Schwester) an jedem Wochenende und in den Ferien bei der roten Fabrik. Meine Mutter hat Mutu „adoptiert" und geht mit ihr Shoppen und solchen Blödsinn. Sie macht auch mit HL-5 eine Art Therapie, damit er nicht immer ausflippt, wenn er Autofahren muss oder in eine fremde Umgebung kommt. Sie strahlt den ganzen Tag wie die Sonnenblumen in Maggies Garten.
Mein Vater und Zulu rauchen immer abends einen Joint und hören sich gemeinsam afrikanische Musik an. Seitdem arbeitet mein Vater auch nicht mehr so bombastisch viel.

Ich lerne bei Sandra schweißen und kann Trecker fahren. Eine alte, grüne Schrottkiste mit roten Rädern und einem riesengroßen Lenkrad. Es macht höllischen Spaß.

Meine befreite Oma ist auch dabei. Sie und Gerda schmeißen zusammen die Olle Stube, die an jedem Wochenende rammelvoll ist, weil Zulu dort Kochkurse und Oma irgendwelche Schweigeseminare und Selbstfindungsgruppen anbieten. Gerda tanzt natürlich jedes Mal, wenn eine Gruppe verklemmter Städter zu uns kommt, übermütig auf dem Seil, um zu beweisen, dass nach dem Absolvieren von Omas Seminar jedem einzelnen ein langes Leben und das Hüpfen auf dem Seil ermöglicht wird.

Engelhard alias Angelo alias Paul lässt sich nicht mehr blicken. Manchmal höre ich ihn aber an mir vorbeisausen oder neben mir sitzen und mir ins Ohr pusten, wenn wir abends im Garten beim Kerzenlicht sitzen und Maggies Naturkostsalate und Biodynamisches Fleisch essen müssen. Und ich weiß, wenn es hart auf hart kommt, wird er da sein.

Ist das geil, die Welt zu verstehen!

E N D E

Karla J. Butterfield wurde auf der Seitenbühne des Nationaltheaters Prag während des fünften Aktes einer Macbeth Aufführung geboren. Als auf der Bühne das Volk „Heil, König von Schottland!" rief, gab sie den ersten Schrei von sich.
Was hätte sie sonst machen sollen, als Schauspielerin zu werden? Später wechselte sie auf die andere Seite der Bühne und führte Regie, dann fing sie mit dem Schreiben an.
Sie gewann den ersten Preis mit dem Theaterstück „Dinner bei Graf Woronow". Zurzeit widmet sie sich dem Tanz. Sie ist Mitglied der Prosablüten und der Solinger Autorenrunde.

www.prosablueten.de
www.solinger-autorenrunde.de
www.karla.butterfield.de